BOOKS on DEMAND

Anne Sagner

MENSCHENFRESSERMENSCH

Krimi

Bibliografische Information der Deutschen Nationalbibliothek:
Die Deutsche Nationalbibliothek verzeichnet diese Publikation in der
Deutschen Nationalbibliografie; detaillierte bibliografische Daten
sind im Internet über http://dnb.dnb.de abrufbar.
1. Auflage 2019
2. Auflage 2020

© 2019 Anne Sagner

Herstellung und Verlag: BoD – Books on Demand, Norderstedt

ISBN: 9783749481170

Der Tod kann uns nicht versehren.
Und wenn du siehst, dass ich weine:
Bedenke, ich weine nicht allein aus Trauer, sondern viel-
mehr aus Dankbarkeit!

Danksagung

Was wäre eine Autorin die mit der Rechtschreibung manchmal auf dem Kriegsfuß steht, ohne Familie, Freunde, Kolleginnen…

Ich danke allen, die mich bei der Entstehung dieses Buches unterstützt haben.
.

Prolog

Alois Schneider schwitzte. Dennoch war er nicht gewillt der Schwäche seiner Muskulatur nachzugeben. Das Fahrradtrikot klebte an seinem Körper und jedes Mal, wenn er an einem Pedal zog, schwappte ein Schwall feuchtwarmer Luft aus seiner Kleidung. Diese roch nach Schweiß und Plastik, und obwohl er sich gewöhnlich vor Körpergeruch ekelte, war es doch ein Zeichen seiner Leistung, der Anstrengung, die er trotz seines Alters noch zu leisten vermochte. Da es Winter war, hatte es schon längst zu dämmern begonnen und sobald er vom Rad steigen würde, würde er sofort anfangen zu frieren. Auch deshalb setzte er seinen Kampf den Berg hinauf fort, so, wie er es jeden Abend tat.

Herr Schneider arbeitete in einem Betrieb in der Materialbeschaffung, und, auch wenn er an sich mit seinen Job zufrieden sein konnte, gab es doch täglich so viel über was man sich ärgern konnte, dass er abends einen körperlichen Ausgleich brauchte. Schon allein, um nicht eines Tages mit einem Herzinfarkt zu verenden. Nicht dass er, Alois Schneider, zu den Risikogruppen gehört hätte. Er rauchte nicht, trank nicht übermäßig, im Gegensatz zu einigen seiner Kollegen, und er schonte seine Nerven, indem er dem weiblichen Geschlecht nur zur Verrichtung seiner sexuellen Bedürfnisse näher kam. Er hatte auch keine Kinder, die einem den letzten Lebenssaft entzogen und war sich sicher, dass er es all diesen Umständen zu verdanken hatte, dass er mit seinen 50 Jahren noch immer alle Haare auf dem Kopf hatte.

Trotzdem spürte er manchmal, wenn ihm wieder einmal im Betrieb das Blut in den Kopf stieg, das etwas beklemmende Gefühl in seiner Brust. Und so hatte er sich angewöhnt, abends nach der Arbeit noch einmal mit dem Rennrad die Hügel des Odenwalds zu bezwingen. Hatte, nachdem er den ersten Ansatz an seinem Bauch entdeckt hatte, auch den Konsum von Bier völlig eingestellt und war schließlich sogar auf biologisch angebaute Kost umgestiegen, obwohl er eigentlich von diesem ganzen Bio-Wahn nichts hielt. Er war ja schließlich keiner dieser Hippies, die mit ihren zotteligen, ungewaschenen Haaren in den Bioläden herumlungerten. Alles Bombenbauer und Blumenkinder, wenn er sie sah empfand er nichts anderes als tiefe Abneigung.

Zu Beginn hatte es sich fast ein bisschen geschämt einen solchen Laden zu betreten. Die Vorstellung, einer dieser Personen aus dieser Hippie-Abteilung könnte ihn eines Tages in einem Naturkostladen oder Reformhaus erblicken, war ihm so unangenehm gewesen, dass er gezögert hatte seine Ernährung umzustellen. So etwas hätte ihm gerade noch gefehlt, dass die da unten sich über ihn das Maul zerrissen. Aber dann hatte er sich klar gemacht, dass es höchst unwahrscheinlich war, in Handschuhsheim, wo er seine Einkäufe machte, jemandem von Denen zu begegnen. In diesem Stadtteil lebten nur anständige Leute. Und von denen achteten ja jetzt auch immer mehr auf ihre Ernährung.

Er spürte die Anspannung die sich in ihm aufbaute, die ihn immer ergriff, wenn er in seinem Betrieb mit diesem Abschaum zu tun hatte. Aber gerade diese Wut gab ihm jetzt die Kraft, die nächsten Meter mit ordentlichem Schwung weiterzukommen. Er erhob sich aus dem Sattel und zog am Lenker. Die würden ihn noch ins Grab bringen. Wenn er morgens die ersten Raucher draußen vor der Tür herumlungern sah, verspürte er den starken Drang, ihnen ihre Zigaretten im Gesicht ausdrücken. Seit mehr als zehn Jahren war das Rauchen im Haus nun verboten, ein Teilsieg, den er sich auf seine Fahnen schreiben konnte. Getrübt nur durch die Tatsache, dass dieses arbeitsscheue Raucherpack nun lachend und schwatzend an dem großen Aschenbecher vor dem Betrieb stand. Wenn es nach ihm gegangen wäre, so wäre das Rauchen ganz verboten worden. Man konnte doch wohl von den Mitarbeitern verlangen, dass sie sich so weit unter Kontrolle hatten, das Rauchen auf eine Zeit zu verschieben, die seinen Arbeitgeber nichts kostete. Und alle, die sich nicht beherrschen konnten, hätte er kurzerhand entlassen. Er hätte mal gerne gesehen, wie viele dann noch genussvoll an ihrer Zigaretten gezogen hätten. Aber da gab es ja diesen Betriebsrat, der schon zu Beginn der Diskussion um das Raucherproblem, gleich mit Paragraphen gewunken und irgendwas von Selbstbestimmung gefaselt hatte.

Der Betriebsrat! Auch so ein Ärgernis. Überflüssig wie ein Kropf. Die setzten sie sich genau für die Leute ein, die den Betrieb schädigten. Nahmen der Betriebsleitung jegliche Möglichkeit, Faulenzer und Sozialschmarotzer zu entlarven und sie dort hinzuschicken, wo man auf Disziplin und Ordnung keinen Wert mehr legte, nämlich auf die Straße. In dieser Beziehung verstand er den Leiter des Betriebs nicht, von dem er eigentlich sehr viel hielt. In letzter Zeit musste nur einer dieser Betriebsratsfuzzies mit irgendeinem Paragraphen aus dem Arbeitsrecht winken und schon gab man klein bei. Er selbst hätte es nie so weit kommen lassen. Er hätte schon damals bei der Gründung des Betriebsrats alle gekündigt, die sich hatten aufstellen lassen. Natürlich nicht gekündigt. Er hätte ihren Arbeitsvertrag einfach nicht verlängert. Und die wenigen mit unbefristetem Arbeitsvertrag hatten alle etwas auf dem Kerbholz. Raucher, Säufer, Kiffer und schlimmeres. Er wusste da so einiges, was Manchem den Job kosten konnte. Denn so wenig er Ali, diesen albanischen Kriecher, leiden konnte, so waren doch seine Informationen über die Mitarbeiter des Betriebs Gold wert. Wenn es irgendeinen Klatsch oder Tratsch gab, kam dieser, früher oder später, Ali zu Ohren. Und der kam dann in sein Büro und erzählte ihm alles brühwarm weiter. Für diese Informationen nahm er sogar dieses billige Aftershave in Kauf, das nach Alis Besuchen den Raum schwängerte, in dem er arbeitete.

Er kam an ein etwas ebeneres Stück Wegstrecke. Er schaltete einen Gang herunter und ließ sich wieder auf dem Sattel nieder. Nun hatte er schon fast den höchsten Punkt seiner abendlichen Tour erreicht. Bevor die Abfahrt kam, würde er sich noch etwas überziehen müssen. Er konnte es sich schließlich nicht leisten, krank zu werden. Er konnte es sich nicht leisten, und sein Betrieb erst recht nicht. Wenn in der Materialwirtschaft etwas schief lief, und davon musste er ausgehen, wenn sein Kollege sich darum kümmerte, konnte dies das ganze Haus lahm legen. Er war sich sicher, dass dieser Betrieb ohne ihn den Bach runter gehen würde. „Etwas besserer Hausmeister" hatte diese Schlampe aus der Hippie-Abteilung ihn neulich genannt. Na ja, er hatte es nicht selbst gehört, Ali hatte es ihm erzählt. Was bildete die sich ein. Abteilungsleiterin! Wenn so die Zukunft seines Landes aussah, dann musste man sich nicht wundern, wenn Deutschland den Bach runter ging und sein Betrieb gleich mit. Aus Hamburg war die ursprünglich, wahrscheinlich Hafenstrasse. Es würde ihn nicht wundern, wenn sie Häuser besetzt und Bomben gebaut hätte. Auch wenn sie sich jetzt ganz gesittet kleidete. Ihn konnte diese Person nicht täuschen. Und so jemanden machte man zum Leiter eines Labors. Aber was konnte man von einem Land mit einem grünen Landesvater erwarten.

Schneider war am höchsten Punkt dieser Straße angelangt. Ab jetzt ging es nur noch bergab. Mittlerweile war es stockdunkel. Die Lampe seiner Fahrradbeleuchtung verschaffte ihm gerade so viel Licht, dass er die nächsten drei Meter der Straße vor sich erkennen konnte. Er hielt an, zog seine Windjacke über und wollte gerade wieder auf sein Rennrad steigen, als er hinter sich ein Geräusch hörte. Zunächst dachte er, es käme von einem kleinen Tier. Hier oben mitten im Wald wimmelte es von Mardern und andern nachtaktiven Viechern. Doch dann hörte er ein Räuspern und ehe er sich versah, traf ihn etwas Hartes am Kopf, und sein Bewusstsein schwand.

1

Es war noch dunkel, und sie war schrecklich müde. Sie hatte verdammt schlecht geschlafen diese Nacht und das, obwohl sie sich doch am Vorabend noch recht ordentlich an der frischen Luft bewegt hatte. Ihr graute etwas vor diesem Tag. Sie musste einen Antrag fertig schreiben, und ihr Gefühl sagte ihr, dass sie das wohl kaum in den kommenden neun Stunden schaffen würde. Dies wiederum hieß Überstunden. Und das hatte unweigerlich Ärger mit ihrem Lebensgefährten zur Folge, der sich dann um ihre Tochter würde kümmern müssen. Sie hatte sie schon gestern nicht zu Bett gebracht. Hatte noch einmal raus gemusst, rennen, den Frust des Tages ausschwitzen. Und dann hatte sie sich im Wald etwas verlaufen und war viel später nach Haus gekommen als ursprünglich gedacht. Christoph hatte schon geschlafen oder hatte zumindest so getan. Hatte sich noch nicht einmal bewegt, als sie sich an ihn schmiegte und ihren Unterkörper an ihn presste. Sie hätte ja noch Lust gehabt. Er roch so gut und sie hatte ihm noch nie widerstehen können, seit sie ihn wieder getroffen hatte, und er sich, aus ihr völlig unerfindlichen Gründen, doch noch in sie verliebt hatte. Doch am gestrigen Abend hatte er entweder schon tief geschlafen oder er war so sauer auf sie gewesen, dass er ihr diese Freude nicht hatte bereiten wollen. So war sie eingeschlafen und hatte nach einer kurzen traumlosen Nacht das Weckerklingeln beinahe überhört. Der Platz neben ihr war leer gewesen. Christoph war schon aufgestanden, hatte ihrer Tochter Frühstück gemacht, sie angezogen und war wohl schon auf dem Weg zur Schule. Jedenfalls war die Küche leer, als sie kam und bis auf die Thermoskanne mit Kaffee, hatte er keinen Gruß an sie zurückgelassen. Sie ärgerte sich, dass sie ihn nicht gehört hatte und fragte sich, wie schon so oft, ob es noch mehr solche Rabenmütter gab wie sie, die Nachts so tief schliefen, dass sie nicht einmal ihr eigens Kind weinen hörten.

Sie kam in ihr Büro, startete den Computer und ging sich dann erst einmal einen Kaffee holen. Im Sozialraum waren schon Kaffee und Tee gekocht worden. Niemand der anderen, die im Allgemein schon eine Stunde vor ihr zur Arbeit kamen, war im Raum. Der Betrieb hatte eigentlich feste Arbeitszeiten, doch für Mütter, die ihre Kinder zum Kindergarten bringen mussten, wurde eine Ausnahme gemacht. Und von ihren Kollegen wusste ja niemand, dass Christoph das immer für sie besorgte, weil der Kindergarten auf dem Weg zu seiner Arbeitsstelle lag, und, das war wohl der eigentliche Grund, weil sie morgens einfach furchtbar schlecht aus dem Bett kam. Sie goss gerade einen Kaffee ein, als die Tür zum Sozialraum aufging und einer ihrer Doktoranden hereinkam. Robert war schlank, hoch gewachsen und schon ziemlich alt für einen Doktoranden. Sie mochte ihn, doch irgendetwas an seiner Art verunsicherte sie auch. „Guten Morgen, Steff" trällerte er auf seine ihm eigene, fröhlich neckende Art. Sie hasste es, wenn er sie so nannte. Sie hatte über ein Jahr gebraucht, in der Tatsache, dass die ganze Abteilung sie duzte, keine Missachtung ihrer Autorität zu sehen. Doch Roberts Art ihren Spitznamen zu gebrauchen, statt Stefanie zu sagen, wie alle anderen in ihrem Team, weckte immer wieder das Gefühl in ihr, als Frau in ihrer Position nicht ganz ernst genommen zu werden. Sie war sich zwar sicher, dass Robert mit dieser Art der Anrede nicht ihre Autorität in Frage stellen wollte, trotzdem hätte sie sich etwas mehr Distanz von ihm gewünscht. Sie bedachte ihn mit einem Nicken, gab Süßstoff und Milch in ihren Kaffee und wollte eben den Raum verlassen, als Robert, sich ebenfalls einen Kaffee einschenkend, zu sprechen begann. Eigentlich wollte sie ihre Ruhe haben, aber der Ton in seiner Stimme ließ sie aufhören. „Steff, ich muss was mit dir besprechen. Das ist doch nicht normal, wie Wetzel und Schneider sich aufführen. Gestern ist bei einem unserer Geräte die Sicherung rausgeflogen und als ich oben in der Materialwirtschaft war, haben die mir an den Kopf geschmissen, ich solle halt eine kaufen gehen. Versteh mich nicht falsch, ich kann natürlich auch in meiner Arbeitszeit zum Elektrohändler fahren, aber eigentlich bin ich der Meinung, dass die Beiden es sind, die dafür ihre Kohle bekommen." Sie kannte diesen Blick, er beinhaltete die Aufforderung, sich darum zu kümmern, dass ihre Abteilung nicht die ganze Zeit von diesem Arschloch Schneider und seiner rechten Hand schikaniert wurde. Sie hatte allerdings ihre eigene Art, mit der Situation hier im Betrieb umzugehen. Ihr war klar, dass sie und ihre Abteilung einen schlechten Stand hatten und diese kleinen Schikanen, die von der Materialwirtschaft ausgingen, nur eine Seite des Problems war. Aber die Zeit, die sie nun schon hier war, hatte sie gelehrt, dass Sachlichkeit diesen Anfeindungen viel eher den Wind aus den Segeln nahm, als übereilte

Reaktionen oder ständige Beschwerde beim Vorstand. „Wenn es dir nichts ausmacht, dann fahr doch einfach zum Elektrofachhandel" antwortete sie deshalb und nahm sofort wahr, wie sich Roberts Augen etwas verengten. „Lass sie einfach auflaufen.", setzte sie deshalb hinterher, hatte aber nicht den Eindruck, durch diese Bemerkung in Roberts Achtung zu steigen. Aber eigentlich hatte sie auch wichtigeres zu tun, als sich um so einen Mist zu kümmern, und da sie keine Lust auf weitere nervenaufreibende Diskussionen hatte, fügte sie noch hinzu: „Um 12 möchte ich mit dir deinen Antragsentwurf durchsprechen", und verließ den Sozialraum.

Robert schaute ihr nach. Mit seinem Kaffee in der Hand schlurfte er in sein Zimmer. So ganz verstand er diese Frau nicht. Das war eigentlich untertrieben. Diese Frau war ihm einfach ein Rätsel. Und dabei hatte er immer gedacht, dass ihm so schnell keine unterkommen konnte, die er nicht geknackt hätte. Nicht, dass er irgendetwas von Steff gewollt hätte. Zum einen ging er an seiner Arbeitsstelle grundsätzlich nicht auf die Jagd, zum anderen hatte er nach seiner letzten Beziehung erst einmal die Schnauze voll von Müttern mit Kindern. Trotzdem war er gewohnt, dass das weibliche Geschlecht auf seinen Charme reagierte und ihm so die Kommunikation erleichterte. Steff jedoch war kalt wie ein Fisch, und immer, wenn er in dem was sie sagte einen Hauch von Sympathie für ihn zu spüren glaubte, brezelte sie ihm kurz darauf so gründlich eine über, dass er die nächste Zeit erst einmal jeglicher Begegnung mit ihr auswich, um Zeit zu haben, in Ruhe seine Wunden zu lecken. Und dabei mochte er sie eigentlich. Als Frau war sie nicht unattraktiv und wenn man von ihrer distanzierten Art absah, hatte sie irgendwie etwas Reizvolles. Manchmal hätte er sich allerdings ein etwas bestimmteres Verhalten gegenüber solchen Arschlöchern wie Schneider gewünscht. Er fragte sich, warum alle vor diesem Deppen mit seinem Autoritätsbalken im Gesicht kuschten. Er sah aus wie ein typischer Bundeswehrausbilder, und soweit Robert wusste, war er auch genau das gewesen, bevor er hier in diesem Betrieb in der Materialwirtschaft angefangen hatte. Und nun terrorisierte er, Kraft seines Amtes, den ganzen Betrieb. Na ja, das war nicht ganz richtig. Eigentlich legte er vor allem der Abteilung in der Robert arbeitete Steine in den Weg, wo er konnte, was Robert sich recht schnell damit erklärte, dass Schneider offensichtlich politisch gerade auf der gegenüberliegenden Seite einzuordnen war, hinsichtlich eines Großteils seiner direkten Kollegen. Doch selbst der Betriebsrat, sonst recht bissig, schien sich seit längerem damit abgefunden zu haben, dass Schneider wie ein kleiner König diesen Betrieb regierte und selbstherrlich entschied, was für ihn noch zumutbar war und was nicht. Dabei interessierte es ihn nicht, wenn er kurzerhand eine halbe Abteilung lahm legte. Und das nur, weil er nicht bereit war außerhalb der 30 min pro Woche, in der er die Schreibwarenausgabe geöffnet hatte, eine Druckerpatrone herauszurücken, oder eine Chemikalie, die dringend benötigt wurde, nach 14.15 Uhr zu holen. Dabei hatte man doch eine ganze Viertelstunde täglich die Möglichkeit, sich um ausreichende Mengen zu kümmern.

Und selbst Steff, die gegenüber den Leuten ihrer eigenen Abteilung recht dominant auftreten konnte, ging den Konflikten mit Schneider lieber aus dem Weg. Er selbst fand dessen Verhalten geschäftsschädigend und hätte ihm in ihrer Position sofort mit einer Abmahnung gedroht.

Er setzte sich an seinen Schreibtisch und gab Zahlen ein. Doch seine Gedanken kreisten immer noch um die Situation zuvor im Sozialraum. Wieder fühlte er sich von ihr behandelt wie ein kleines Kind, abgekanzelt, nicht ernst genommen. Ihre Art konnte verletzend wirken. Sie musste ja nicht regelmäßig die Demütigungen diese Drecksacks aushalten. Sie brauchte ihn ja nicht einmal zu sehen, geschweige denn irgendwas von ihm zu wollen. Als er sich zum dritten Mal vertippt hatte, beschloss er, ins Labor zu gehen und nachzusehen, ob das uralte Gerät noch seine Proben maß. Außerdem traf er dort vielleicht einen der beiden Chemielaboranten, Mitstreiter im Kampf gegen Schneiders Tyrannei.

„…deshalb sollte jemand später zu Schneider hochgehen, um eine neue Spritze zu holen." Im Labor standen die beiden Laboranten, und organisierten den Tagesablauf. Robert platzte mitten hinein.

„Ich hab' Stefanie eben auf den Schneider angesprochen, wegen gestern", sagte er und sah gleich in beiden Gesichtern, wie sich der Blick geduldig, aber leicht genervt auf ihn richtete. Bevor sie etwas sagen konnten redete er weiter. „Sie meint, ich soll die Sicherungen selbst holen und Schneider besser aus dem Weg gehen." Der Blick der beiden verriet ihm, dass sie ausnahmsweise einmal der gleichen Meinung waren, wie ihre Chefin.

Was ihn wiederum nur noch wütender machte. "Ich versteh das nicht. Kann eigentlich keiner diesem Arschloch mal erklären, was seine Aufgaben sind?" Klaus antwortete ihm mit ruhiger Stimme. „Hör zu Robert, Stefanie ist hier zwar Abteilungsleiterin, aber –wie vielleicht auch dir nicht entgangen sein dürfte- Schneider hat verdammt gute Kontakte nach Oben, oder wie du es auch immer nennen magst. Warum, weiß kein Mensch, aber Stefanie ist so klug, dies einfach zur Kenntnis zu nehmen und ihre Nerven nicht mehr als nötig damit zu belasten." Klaus hatte sichtlich keine Lust auf das Thema, doch Robert konnte noch nicht locker lassen. Er baute sich mit seiner gesamten Muskelmasse auf. „Wenn ich heute nen blöden Spruch von ihm höre, dann...", er überlegte, „dann werd' ich ihm aufs Gesicht zusagen, dass ich es nicht mehr zulassen werde, grundlos von ihm angepöbelt zu werden". Er atmete tief durch. Benjamin runzelte die Stirn, als sei er sich nicht ganz sicher, ob das eine gute Idee wäre. „Wenn du meinst, dass das was hilft", entgegnete er schulterzuckend.

„Natürlich hilft das nichts, aber vielleicht geht es mir dann etwas besser. Also manchmal bekomm ich echt Knieschussphantasien, beim Schneider." Benjamin hasste es, wenn Robert so redete, und Robert wusste es. Aber manchmal, machte ihn diese friedliebende Art einfach verrückt. Und je friedlicher Benjamin reagierte, desto heftiger wurden die Gewaltausdrücke, die aus seinem Mund sprudelten. Als müsse er Benjamins Aggressionen gleich mit herauslassen. Klaus mischte sich ein. Klaus war beim Betriebsrat und stand bei Schneider wohl auf Platz eins auf der Abschussliste. Klaus vereinigte so ziemlich alles in sich, was Schneider hasste. Langhaariger Mann, Raucher, beim Betriebsrat und seit neustem auch noch Vater. Wäre er noch schwul gewesen, hätte Schneider wahrscheinlich sein perfektes Feindbild gefunden. Doch es genügte auch schon so. Wo die beiden sich begegneten, krachte es, wobei Robert Klaus für die Art, mit der er Schneider abfahren ließ, nur bewundern konnte. „Na dann bin ich mal gespannt auf die Antwort." sagte Klaus und mit verschmitztem Lachen ließ er durchblicken, dass er daran zweifelte, dass Robert Schneider wirklich ansprechen würde. Doch Robert meinte es ernst. Er drehte sich um und sagte im Rausgehen: „Und ich werde jetzt gleich hochgehen und ihm sagen, dass er seinen wohl trainierten Arsch in Bewegung setzten soll, um mir diese scheiß Sicherungen zu besorgen".

Peter Wetzel wunderte sich etwas. Das sah Alois überhaupt nicht ähnlich. Es war schon nach 10 Uhr und nicht nur, dass er nicht zur Arbeit erschienen war, war befremdlich, auch dass er sich nicht abgemeldet hatte, und dass bei ihm zu Hause niemand ans Telefon ging. Als er gerade überlegte, wie er jetzt zu reagieren hatte, klopfte es, und bevor er auch nur „herein" sagen konnte, stand der unflätige Doktorand aus der Abteilung unten in der Tür. Mit dem hatten sie sich schon gestern herumschlagen müssen und heute war er auch noch allein. Er schnaufte tief und fragte ohne einen Gruß, was er wollte. Der junge Mann schien etwas schlechter Laune, doch die Tatsache, dass Alois nicht im Zimmer war, schien ihn sichtlich aus dem Konzept zu bringen. „Ist der Herr Schneider da?" fragte er, als sehe er nicht den leeren Stuhl. „Sehen Sie ihn hier?" gab Wetzel ihm zur Antwort und drehte sich demonstrativ zu seinem Schreibtisch um und kehrte ihm damit den Rücken zu. „Wissen Sie vielleicht, wann ich ihn hier antreffen kann?" kam die nächste Frage. Darauf wusste Peter Wetzel natürlich keine Antwort, Alois sollte ja längst hier sein. Doch diese Person war die letzte, der er das auf die Nase binden wollte. Andererseits einfach zu behaupten, er sei krank, wäre dumm, sollte er sich etwas verspätet haben. Er sollte am besten einmal an der Pforte anrufen und unverbindlich fragen, ob…ja was fragte man da unverbindlich. Jetzt musste er jedenfalls erst einmal diesen Typ loswerden, ohne dass dieser merkte, dass etwas nicht stimmte. „Kommen se doch einfach später noch mal wieder oder kann ich Ihnen weiterhelfen?" sagte er deshalb so unverkrampft wie möglich. Sein Gegenüber schien etwas überrascht über diese plötzliche Anwandlung an Freundlichkeit, überlegte kurz, winkte dann aber ab und sagte, er käme am Nachmittag noch einmal vorbei. Als er den Raum verlassen hatte, rief Peter Wetzel nochmals bei Alois zu Hause an. Doch wieder meldete sich niemand. Er beschloss, noch bis zum Mittag zu warten, und dann einmal bei Alois zu Hause vorbei zu fahren.

Stefanie saß in ihrem Büro, als das Telefon klingelte. Christoph war am Apparat, und sie wusste sofort, dass irgendwas passiert war. „Kannst du mir mal sagen, warum du ein Handy hast, wenn du nicht dran gehst?", begrüßte er sie. Sie kramte in ihrer Jacke, die über ihrer Stuhllehne hing, zog das Handy heraus und sah, dass da zwei Anrufe in Abwesenheit angezeigt wurden. „Ich war nur kurz im Sozialraum..." begann sie mit ihrer Verteidigung, merkte jedoch sofort, dass Christoph das nicht interessierte. „Was gibt's denn so wichtiges?" fuhr sie deshalb etwas härter im Ton fort. „Deine Tochter" - sie hörte aus der Betonung des Wortes „Deine", dass er eigentlich der Meinung war, dass gerade sie an seiner Stelle sein sollte und ihn gerade anrufen müsste, - „deine Tochter hat sich im Schulsport beim Sackhüpfen einen Halswirbel eingeklemmt, und ich bin gerade im Krankenhaus. Die Schule rief verzweifelt bei mir an, weil sie dich auf dem Handy nicht erreichen konnten. Und sie haben es nicht nur einmal probiert!" Zweimal, dachte sie bei sich, sagte aber besser nichts. „Ist es schlimm, geht es ihr gut?" fragte sie stattdessen. Sie hoffte, dass sie besorgt genug klang, um seinen Zorn etwas zu zügeln: aber das Kind war schon lägst in den Brunnen gefallen. Jetzt wurde Christoph erst richtig laut. „Wie bitte soll es einem Kind gehen, wenn es allein im Krankenhaus sitzt, seine Mutter nicht bei ihm ist, und es Schmerzen hat. Gut? Verdammt noch mal, Steff, lass alles stehen und liegen und komm hier her. Amelie braucht dich jetzt, sie hat dich die letzten Tage fast nicht gesehen. Du kannst froh sein, wenn sie dich wiedererkennt." Stefanie blickte auf ihren Schreibtisch. Vor ihr lag der Antrag, der bis heute Abend fertig werden musste. Sie konnte jetzt unmöglich alles stehen und liegen lassen. Sie könnte natürlich das Laptop packen und alle Dateien draufkopieren und alles dann zu sich nach Hause schleppen, aber auch das würde erst einmal etwas dauern und dann war immer noch die Frage, wie viel Ruhe und Zeit ihr bleiben würden, wenn sie sich dann um Amelie würde kümmern müssen. „Könntest nicht du…?" setzte sie vorsichtig an, wissend, dass sie dabei war, den Bogen zu überspannen. Doch anstatt des erwarteten Wutausbruchs kam nur ein traurig resigniertes „Wenn du meinst, dass dein Job wichtiger ist, als Amelie…?". Und bevor sie erklären konnte, dass sie ja dann später, wenn der Laptop bereit war, sofort nach Hause kommen würde, hatte er schon aufgelegt.

Ihre Tochter, Amelie. Die wenigsten in ihrem Betrieb wussten, dass sie nicht Christophs Tochter war. Und keiner kannte die ganze Geschichte. Und sie hütete sich davor, Einzelheiten über Amelies Entstehung an die große Glocke zu hängen. Die Wahrheit war, sie kannte den Namen des Vaters überhaupt nicht. Amelie war gezeugt worden, weil sie, Steff, nicht noch einmal in so eine ausweglose Situation kommen wollte, wie in ihrer Beziehung mit Christophs Vorgänger. Sie hatte diesen Mann geliebt, hatte Pläne gemacht, gedanklich ihren Lebensabend mit ihm verbracht. Doch dann war alles anders gekommen. Er hatte von Anfang an gesagt, dass er keine Kinder wollte. Und sie hatte das eigentlich auch gar nicht gestört. Zum einen, war sie selbst noch gar nicht bereit gewesen, Kinder zu bekommen, zum anderen hatte sie immer auf einen „Unfall" gehofft. Nicht dass sie so etwas aktiv hätte herbeiführen wollen. Aber da sie keine Pille nahm, und er manchmal im Eifer des Gefechts erst sehr spät zum Kondom griff, hatte sie damit gerechnet, dass das früher oder später schon einmal schief gehen würde. Er hatte darüber wohl ähnlich gedacht und deshalb eines Tages eine Vasektomie machen lassen. Auch das war zunächst kein Drama gewesen. So eine Durchtrennung der Samenstränge konnte man noch immer rückgängig machen. Aber die Jahre vergingen und irgendwann schaffte sie es nicht mehr, sich selbst zu belügen. Dieser Mann wollte keine Kinder! Nicht heute, nicht morgen, nein überhaupt nie. Er würde nicht irgendwann aufwachen und urplötzlich die Vasektomie rückgängig machen. Und wenn er sie auch irgendwie zu lieben schien, so war klar, dass sie ihn nur so lieben konnte, wie er nun einmal war, kinderlos und glücklich damit. Nach dieser Erkenntnis, hatte es nicht mehr lange gedauert, bis sie wegen jedem Mist Streit bekamen. Und ehe sie es sich versah, hatte er seine Sachen gepackt und war in eine andere Stadt gezogen. Wenn sie sich heute sahen, was leider selten genug vorkam, wusste sie, dass er damals das einzig Richtige getan hatte, auch wenn sie noch nie in ihrem Leben so unter einer Trennung gelitten hatte.

In der darauf folgenden Zeit war ein Entschluss in ihr gereift: nie wieder wollte sie davon abhängig sein, ob der Mann, den sie liebte, ein Kind wollte oder nicht. Und so war sie losgezogen, um sich nach ordentlichem genetischem Material umzusehen. In der folgenden Zeit hatte sie aufgehört zu rauchen, hatte begonnen, sich gesund zu ernähren, und hatte jeden, der ihren Ansprüchen genügte, in ihr Bett gezerrt. Was schließlich endlich auch von Erfolg gekrönt war.

Sicher, sie hatte sich ihre erste Schwangerschaft etwas anders vorgestellt. Denn auch wenn ihre beste Freundin sie unterstützte, wo sie nur konnte, und auch ihre Eltern nach dem ersten Schock über ein vaterloses Kind angefangen hatten, sich auf des Enkelchen zu freuen. Irgendwie hatte sie immer davon geträumt, dieses spannende Ereignis mit dem Mann teilen zu können, den sie liebte. Doch wer auch immer Amelies Vater war, weder wusste er von seiner unverhofften Vaterschaft, noch hatte gutes genetisches Material irgendwas mit emotionaler Bindung zu tun. So war Amelie ohne Vater geboren worden. Und als sie auf einem Klassentreffen ihre erste große Liebe, Christoph, wieder getroffen hatte, hatte Amelie schon ihren zweiten Geburtstag gefeiert.

Peter Wetzel stand vor dem Haus von Alois Schneider. Er hatte in der Mittagspause den Betrieb verlassen, hatte sich in sein Auto gesetzt und war einfach dort hingefahren. Das kleine Einfamilienhaus stand in einem Wohnviertel etwas außerhalb der Stadt, in dem sich vor allem Besserverdienende nach Eigentum umschauten. Nicht dass Alois zu diesen besser Verdienenden gehört hätte, aber ohne Familie und andere finanzielle Verpflichtungen, hatte er wahrscheinlich wenig Probleme gehabt, das Geld für dieses Haus von der Bank zu bekommen. Das Haus war nicht gerade etwas Besonderes, aber es passte vom Keller bis zum Dachboden zu dem Bild, das er von Alois hatte. Gepflegter Vorgarten, gestutzte Bäume und Sträucher, kein Blatt auf dem Rasen. Das Haus selbst war ordentlich weiß gestrichen und er war sich sicher, dass weder im Haus noch im Garten irgendwo eine Schmuddelecke zu finden war, die diesen Namen verdiente, und mit denen er selbst sich immer wieder herum zu plagen hatte. Er öffnete das Gartentor, um an der Haustür zu läuten. Als niemand öffnete, ging er um das Haus, um eventuell auf der Rückseite durch eines der Fenster hineinsehen zu können. Langsam machte er sich ernsthaft Sorgen. Eigentlich musste man sich um Alois keine Sorgen machen, aber manchmal regte er sich so sehr auf, dass man unweigerlich das Gefühl bekam, eine Herzattacke stünde kurz bevor.

Er versuchte auf der rückwärtigen Seite durch die Fenster zu sehen, aber auch das passte zu Alois. Die Jalousien waren ordentlich heruntergelassen, so wie er es immer zu machen pflegte, wenn er das Haus verließ. Aber genau das war der Punkt. Er hatte also das Haus verlassen. Aber wo um Himmels Willen war er, wenn er nicht zur Arbeit gekommen war. Peter lief zur Garage. Auch sie war, wie erwartet, abgeschlossen. Durch einen Spalt konnte er sehen, dass das Auto da war. Das war nun völlig seltsam. Natürlich fuhr Alois gern Rad. Doch das tat er für gemeinhin abends nach dem Arbeiten. Er klopfte an den Rollladen. Keine Antwort. Er musste im Betrieb anrufen, um herauszubekommen, ob jemand wusste, wo Alois war. Vielleicht gab es irgendetwas Wichtiges, das Alois zu erledigen hatte. Aber warum stand dann das Auto in der Garage? Vielleicht hatte er sich nicht gut gefühlt und hatte ein Taxi zum Arzt genommen. Aber dann hätte er doch im Betrieb Bescheid gegeben. Nun, vielleicht hatten sie vergessen, ihm etwas auszurichten. Peter ging zurück zu seinem Auto. Im

Betrieb anrufen, machte jetzt keinen Sinn. Die Anderen dürften gerade, so wie er, Mittagspause machen. Er wollte gerade zurück fahren, als ihm doch noch etwas einfiel. Was, wenn Alois bei seinem abendliche Radtraining gestürzt war und jetzt irgendwo im Wald lag. So etwas konnte immer passieren, wenn jemand abends bei Dunkelheit alleine mit dem Rad unterwegs war. Und da Alois die Angewohnheit hatte, an Orten Rad zu fahren, wo recht selten ein Auto vorbei kam, würde ihn auch so schnell keiner entdecken, wenn er da irgendwo mit einem gebrochenen Bein lag.

Andererseits hatte Alois für solche Fälle eigentlich immer ein Handy dabei. Prepaid verstand sich. Denn er wollte mit dem Handy ja nicht herumtelefonieren, sondern es nur im Notfall benutzen können. Peter zückte sein Handy, ärgerlich, dass ihm nicht schon vorher eingefallen war, zu versuchen Alois auf seinem Handy zu erreichen. Er wählte die Nummer und erwartete schon, zu hören, dass the person that he has called, temporery not available war, als er ein Tuten vernahm, und dass kurze Zeit später jemand den Anruf wegdrückte.

2

Das Ehepaar Hans und Margot Meissner freute sich, dass sie Sonne doch noch heraus kam. Sie waren mit ihrem Rentnerticket bis an den Rand der Stadt gefahren, hatten ihre Wanderstöcke gepackt und waren einfach hinauf in den Wald gelaufen. Das Wetter war zunächst etwas schmuddelig gewesen, doch jetzt blinzelte dann und wann die Sonne durch die Wolken, und Hans, der sich mit dem Wetter auskannte, prophezeite, dass sie, bis beide oben am Bänkchen waren, Sonne haben würden. Jetzt kam der etwas steilere Teil der Strecke und beide hatten mit dem Reden aufgehört und schnauften leise vor sich hin. Margot konzentrierte sich auf ihren Atem. Jetzt nur nicht aus dem Rhythmus kommen, dachte sie für sich. Hans lief nun etwas schneller als sie, und wie immer, war sie etwas verärgert, dass er nicht ein klein bisschen Rücksicht auf sie nehmen konnte. Aber, anstatt sich zu ärgern, sollte sie lieber die Natur genießen. So wenig der Wald im Winter hergab -die meisten Bäume waren kahl und auch die Vielfalt der Tierwelt, die man zu Gesicht bekam, war recht eingeschränkt- so gut tat doch die frische Luft, die durch ihre Lungen strömte. Wenn sie dort ankam. Im Augenblick hatte sie nicht das Gefühl, dass viel davon ihre Lungenbläschen erreichte. Hans war ein weiteres Stück voraus gelaufen und ihre Konzentration auf den ruhigen Atem führte jetzt zu dem Gefühl, dass jemand ihr den Sauerstoff, den sie dringend brauchte, vorenthielt. Völlig aus dem Rhythmus schnappte sie nun Luft, ärgerlich, dass sie sich auf den Vorschlag, einen Spaziergang im Wald zu machen, eingelassen hatte. Sie hasste Spaziergänge. Vor allem solche, die in Wanderungen ausarteten. Sie wäre lieber Schwimmen gegangen. Aber Hans schwamm nicht gern. Und so hatten sie sich auf einen kleinen Spaziergang zum Bänkle geeinigt. Nun, geeinigt war vielleicht der falsche Ausdruck. Hans hatte gesagt, er würde zum Bänkle laufen und sie könne ja schwimmen gehen, wenn sie unbedingt wollte. Sie wollte aber nicht allein schwimmen gehen, und das hatte sie ihm auch schon tausendmal gesagt. Und so war sie lieber zusammen mit ihm wandern gegangen, als alleine schwimmen. Und jetzt rannte er voraus, als wäre der Teufel hinter ihm her. Sie blieb stehen, wegen des Seitenstechens. Hans würde jetzt sagen, dass das daran liege, dass sie nicht im richtigen Rhythmus geatmet hatte. Hans hatte nie Seitenstechen.

Sie überlegte, ob sie ihn rufen sollte und ihn bitten sollte doch einmal stehenzubleiben. Doch dann dachte sie, dass es sie schon einmal interessierte, wann er merken würde, dass sie nicht mehr hinter ihm war. Ob er überhaupt merken würde, wenn sie weg war? Sie meinte nicht jetzt hier im Wald, sondern grundsätzlich. Er fällte seine Entscheidungen, als ob sie nicht da wäre, er las morgens Zeitung, als ob sie nicht im Raum säße. Vielleicht würde er nur an dem unangenehmen Geruch merken, dass sie eine Woche zuvor in ihrer gemeinsamen Wohnung verstorben war. Sie hasste wandern. Sie hasste es, diesem Mann hinterherzulaufen.

Sie fing wieder an zu laufen. So arg weit sah es eigentlich nicht aus bis nach oben. Trotzdem. Sie hatte es noch nie verstanden, warum man irgendwo mit Atemnot und schweißgebadet hoch kraxelte, um später mit Knieschmerzen und frierend wieder runter zu rennen. Hans war jetzt schon fast nicht mehr zu sehen. Sie überlegte gerade, ob er bemerken würde, wenn sie einfach umdrehte, als sie einen Schrei und anschließendes „Oh Gott, Margot!" hörte.

Ihr wurde heiß und kalt. „Hans, was ist, hast du dir wehgetan?" Völlig außer Atem kam sie an der Stelle an, wo Hans stand und auf den Boden schaute. Er sah ziemlich blass aus und als sie seinem Blick folgte, wusste sie auch warum. Hans hatte noch nie Blut sehen können. Und davon gab es hier reichlich. Nicht unweit lag eine Gestalt auf dem Boden, bunt gekleidet, wie ein Papagei.

Mario saß an seinem Schreibtisch und schlürfte seinen x-ten Kaffee und hackte auf seiner Tastatur herum, als das Telefon klingelte. Mit einer automatisierten Bewegung nahm er, ohne den Blick vom Bildschirm abzuwenden, den Hörer ab und sagte seinen Spruch auf. „Kripo, Heidelberg, Palazzone am Apparat." Auf der anderen Seite der Leitung meldete sich eine Frau. Sie nannte ihren Nahmen, ihre Dienststelle und klärte ihn dann über den Fund einer Leiche, männlich, mittleren Alters auf. „Und es handelt sich um Mord?" fragte Mario. Darüber könne sie wenig sagen, aber die Kollegen vor Ort hätten wohl nach der Vernehmung der Entdecker, eines alten Ehepaars, die Spurensicherung und einen Vertreter der Kripo verlangt. Mario schaute aus dem Fenster. Das Wetter sah für die Jahreszeit einigermaßen passabel aus. „Wo sollen wir hinkommen?", fragte er. Sie erklärte ihm den Weg und wünschte ihm noch einen schönen Tag, eine Floskel, die ihm im Zusammenhang mit dem Grund eines solchen Anrufs wie immer etwas kaltschnäuzig wirkte.

Er schaltete seinen Computer aus. Heute würde er wohl sowieso nicht mehr dazu kommen, den Bericht zu Ende zu schreiben. Er holte sich seine Jacke, verließ sein Büro und schaute sich nach seiner Partnerin um. Er sah sie am Kaffeeautomaten stehen, in ein Gespräch vertieft. Er lief zu ihr, schnappte sich den Kaffee, den sie locker in der Hand hielt, trank einen Schluck daraus und stellte ihn dann auf dem Tisch ab, der neben dem Kaffeeautomaten stand. „Wir haben einen Klienten, so wie's aussieht! Oben im Wald, Spurensicherung ist vor Ort. Also schwing die Hufe, nimm dein Riechsalz mit, wir treffen uns in 5 Minuten unten am Auto." Er und Silke arbeiteten jetzt schon seit etwa zwei Jahren zusammen und hatten sich eigentlich, mit Ausnahme kleinerer Konflikte, die nun einmal zwischen Männlein und Weiblein nicht auszuschließen waren, von Anfang an gut verstanden. Er hielt sie für kompetent und die kleinen Sticheleien, die sich keiner von ihnen beiden verkneifen konnte, machten die Arbeit mit ihr für ihn sehr angenehm.

Silke schnappte sich ihren Becher mit dem Rest Kaffee, den er ihr übrig gelassen hatte und sagte. „Unser Mario! Freundlich und höflich, wie man ihn kennt und liebt. Fünf Minuten gehen O.K., für den Fall, dass ich in unserem Wagen rauchen darf, bei offenem Fenster, versteht sich, und natürlich werde ich den Aschenbecher danach säubern. Ansonsten, müsstest du mir 10

Minuten einräumen, denn ich war gerade auf dem Weg zum Raucherzimmer, weil ich seit mindestens zwei Stunden nicht die Zeit hatte, dort hin zu verschwinden". Dann trank sie den letzten Schluck, verzog dabei das Gesicht. Mario setzte zu seinem Standartspruch an. „Ausnahmsweise", sagten sie beide gleichzeitig, dann wechselte Silke noch ein paar abschließende Worte mit ihrem Gesprächspartner und ging ihre Jacke holen.

Keine fünf Minuten später saßen sie im Wagen auf dem Weg zu ihrem „Klienten", wie Mario verstorbene Menschen, die im Verdacht standen, nicht auf natürliche eise aus dem Leben geschieden zu sein, gerne nannte. „Hat die Kollegin noch mehr gesagt?", fragte Silke. „Männlich, mittleren Alters, ein älteres Ehepaar hat ihn wohl bei ihrem Spaziergang durch den Wald entdeckt. Ansonsten war die Kollegin recht kurz angebunden am Telefon". Mario sah, wie ihn Silke von der Seite anblickte „Wird an deinem guten Ruf liegen, Latin Lover", sagte sie lachend. Marios Eltern kamen aus Italien. Er selbst sah allerdings eher wie das Gegenteil eines Latin Lovers aus. Rote Haare, ein spätes Zeichen für die zahllosen Besatzer Siziliens, und davon auch noch eine zunehmend schwindende Anzahl, eine dicke Brille, etwas untersetzt. Wäre nicht sein Nachname gewesen, der normale Deutsche hätte ihn wohl schwerlich mit dem typischen Bild des Italieners in Zusammenhang gebracht. Trotzdem konnte sich Mario über seine Wirkung bei Frauen nicht beschweren. Was auch immer er an sich haben mochte, bisher hatte er noch keine Probleme gehabt, sich einen netten Abend zusammen mit einer

Frau zu organisieren. Zugegeben, er schien nicht für längerfristige Bindungen geschaffen. Das wusste auch Silke. Die einzige Bindung, die länger gehalten hatte, war die Beziehung zu einer Frau aus Sizilien gewesen und die hatte weniger trotz, sondern eher gerade wegen der großen Distanz gehalten. Sie war eine Frau, bei der er noch heute, wo längst nur noch Freundschaft zwischen ihnen bestand, manchmal hätte schwach werden können.

Silke wechselte das Thema, nachdem sie merkte, dass er heute auf die Anspielung nicht ansprang. „Ist aber nicht nett, auf nem gemütlichen Spaziergang ne Leiche zu entdecken. So was kann einem den ganzen Tag versauen." „Wer sagt, dass der Spaziergang gemütlich war? Vielleicht kann so ne Leiche auch ne willkommene Abwechslung sein im grauen Alltag einer monogamen Ehe." Retourkutsche! Silke war seit einem Jahr mehr oder minder glücklich verheiratet. Sie behauptete „mehr", seine eigene Diagnose lautete „minder". „Weil du auch so viel von monogamen Ehen verstehst!" konterte sie. „Wer sagt, dass eine Ehe monogam sein muss?" erhielt sie als Antwort. „Weil nichtmonogame Ehen kaum bis ins hohe Alter fortgesetzt werden", antwortete sie. „Oder gerade." Er musste immer das letzte Wort haben.

„Spiel mir bitte alles auf den Stick hier, und schau ob das Laptop geladen ist. Es sollte zumindest 30% haben, mehr wäre natürlich besser." Stefanie ließ Robert an ihren Rechner, auch wenn sie das nur sehr ungern tat. Aber das hier war ein Notfall, sie konnte sich jetzt un-

möglich auch noch darum kümmern. Sie war jetzt vollauf damit beschäftigt, Blätter und Artikel einzusam-
meln und in ihre Tasche zu stopfen. Außerdem musste
sie noch einmal kurz runter und ein paar abgesproche-
ne Termine verlegen. „Steff, nicht dass ich das nicht
gern für dich täte, aber warum macht das eigentlich
nicht unsere Sekretärin?" Robert hatte bereits angefangen Dateien auf den Stick zu ziehen. Man sah ihm an,
dass er diese Arbeit für unter seiner Würde hielt.
„Weil", eigentlich hatte sie für diese Diskussion weder
die Nerven noch die Zeit. „Weil ich länger bräuchte es
ihr zu erklären, als es selbst zu machen." „Tolle Sekretärin!", hörte sie darauf hin Robert murmeln. Ihr platzte
der Kragen. „Gut Robert, mach nen Vorschlag. Soll ich
sie entlassen? Fristlos kündigen? Oder soll ich ihr sagen,
dass sie leider für diesen Job nicht geschaffen ist? Willst
du das vielleicht für mich erledigen?" Robert reagierte
erschrocken. „Das hab ich nicht gesagt", verteidigte er
sich, „Aber man könnte sie doch mal in bestimmte Dinge einlernen. Es muss doch nicht sein, dass ein Computer für sie immer noch ein Machwerk des Teufels ist. Ich
meine", ein Klimpern im Computer zeigte an, dass er
den Stick jetzt entfernen konnte, „ich kann ihr gerne
mal zeigen, wie das so geht, mit einem Computer.
Himmel, sie ist alt, aber doch nicht blöd!" Stefanie fand
Roberts Bemühungen um ihre Sekretärin nahezu rüh-
rend. Hätte sie mehr Zeit gehabt, hätte sie ihm erklärt,
dass die gute Frau wahrscheinlich in Deckung gehen
würde, wenn er mit einem Computer zur Tür herein
spaziert käme. „Robert, bitte sei einfach so gut und bereite das Laptop vor, ich muss jetzt noch runter, ein

Paar Termine absagen." – Was auch ihr Job wäre - konnte sie in Roberts Gesicht lesen. Sie verließ das Zimmer. Im Hinausgehen sagte sie noch. „Bei dir weiß ich wenigstens, dass das klappt, was ich dir auftrage"

Robert holte den Laptop, schloss ihn an und steckte das Ladegerät in die Steckdose. Eigentlich war das eben ein Lob gewesen, wenn man seine Chefin kannte. Sie hatte es noch nicht einmal mit einem „meistens" eingeschränkt. Er würde sich diesen Tag im Kalender rot ankreuzen.

Er mochte Steff wirklich, und die Art wie sie ihre altersschwachsinnige Sekretärin verteidigte, rührte ihn fast. Steff's einziges Problem war ihre Mitarbeiterführung. Sie schaffte es, weder konstruktive Kritik an den Mann zu bringen, noch irgend so etwas wie ein Lob oder ein Feed-back von sich zu geben. Wenn sie mit einem redete, sollte man lieber darauf gefasst sein, Dinge gesagt zu bekommen, die bei anderen Leuten unter Unhöflichkeit oder fehlendes Taktgefühl fielen. Steff hingegen merkte es noch nicht mal.

Er steckte den Stick in das Laptop und überspielte die Dateien. Steff sah heute nicht gut aus. Irgendwas sei mit ihrer Tochter, hatte sie vorhin erzählt, und dass sie sofort weg müsse. Auch darin war sie nicht gut. Sobald etwas persönlich wurde, schien sie Angst zu haben, zu viel zu erzählen. Erzählte umgekehrt Robert etwas von sich, wusste er manchmal nicht, ob es sie einfach nicht interessierte oder ob es ihr unangenehm war. Und dieses Verhalten hatte auf ihn eine fatale Wirkung. Sonst bestimmt nicht eine dieser Personen, die sich anbiederten, ertappte er sich manchmal dabei, wie er in ihrem Beisein um ihre Gunst buhlte, wie ein von den Eltern missachtetes Kind oder ein zurückgewiesener Verliebter. Und mit peinlicher Berührung hörte er sich Dinge erzählen, die er sonst nie erzählte, machte blöde Witze, die er selbst nicht lustig fand. Kurz, er verhielt sich einfach völlig bescheuert und hätte nach solchen Auftritten jedes Mal am liebsten im Boden versinken wollen. Sein einziger Trost war, dass er das Gefühl hatte, dass sie nicht einmal das wahrnahm. Es reichte ihm, dass auch seine Kollegen schon bemerkt zu haben schienen, dass er sich in ihrem Beisein irgendwie anders verhielt.

Manchmal hätte er gern gewusst, ob einzig ihre Stellung in diesem Laden sie so kühl und unpersönlich werden ließ, oder ob sie immer so war. Und wie hielt es ihr Mann dann mit ihr aus? Wenn Christoph überhaupt ihr Mann war, denn selbst das wusste Robert nicht genau. Sicher, sie hatte hier einen schweren Stand. Die einzige Biologin unter lauter Chemikern als Führungskräfte und dann auch noch ihr Aussehen. Dass sie mit dem einen oder anderen hier Schwierigkeiten hatte, lag eigentlich auf der Hand. Aber auch darüber redete sie selbstverständlich nicht, und schon gar nicht mit ihm.

Er war gerade mit allem fertig geworden, als Steff in das Zimmer zurückkam. Sie sah ziemlich gestresst aus, abwesend. Robert hoffte, dass das mit ihrer Tochter keine schlimmere Sache war. Jeden normalen Menschen hätte er einfach gefragt. Bei ihr verkniff er es sich lieber. „Kann man dir noch irgendwie helfen?", fragte er sie deshalb. „Ist der Laptop bereit? Alles drauf?", kam zur Antwort. „Alles drauf", erwiderte er, „und solltest du noch dringend was brauchen, ruf einfach an und ich mail es dir."

Sie schaute ihn an. Ihr Blick strahlte Verwunderung und Ungläubigkeit aus. „Danke!", sagte sie. „Ich werd morgen früh Bescheid sagen, ob ich noch was brauche. Wenn was Wichtiges ist, ruf mich bitte zu Hause an. Ich werde aber Morgen auch mal rein kommen." Robert wusste, dass er nun gehen konnte. Das Gespräch war beendet.

Er beschloss, bevor er sich wieder an seinen Schreibtisch setzte, noch vor die Tür eine rauchen zu gehen. Als er am Aschenbecher ankam, standen dort schon ein paar andere Raucher in der Kälte und froren. Als Robert Ali unter ihnen sah, überlegte er sich kurz, ob er das Rauchen noch um ein paar Minuten verschieben sollte. Er konnte Ali nicht leiden. Das lag nicht nur an seiner devoten Art, mit der er jedem begegnete, der auch nur eine Spur Macht über ihn hatte. Es lag viel mehr auch daran, dass alles, was in Alis Nähe erzählt wurde, früher oder später an Stellen landete, wo diese Informationen nicht hingehörten. Am Anfang hatte er noch geglaubt, dass es nur pure Dummheit von Ali war. Später jedoch war ihm klar geworden, dass es seine einzige Chance war, in bestimmten Kreisen überhaupt geduldet zu werden. Die Tatsache, dass Ali in Roberts Augen eine arme Sau war, hatte zu Beginn sein Helfersyndrom auf den Plan gerufen. Doch als ihm die erste Geschichte über ihn selbst zu Ohren gekommen war, war er für alle Zeit geheilt gewesen und vermied es seither, in Alis Gegenwart mehr als eine Wetterprognose abzugeben. Er war zwar höflich aber distanziert und hatte die Einladung zu Alis Geburtstag ausgeschlagen. Dieses Verhalten hatte ihn auf den ersten Platz von Alis Antipathie-Liste gebracht. Doch, da Ali langsam der Stoff über ihn ausging, ließ er ihn seit neusten einfach links liegen. Als er nun vor die Tür trat und „Hallo" sagte, ignorierte ihn Ali, der gerade mitten in ein Gespräch vertieft war. Mit seinem immer noch deutlichen Akzent, berichtete er, dass Schneider heute nicht zur Arbeit erschienen war. „Und Herr Wetzel ist gegangen zu ihm nach Hause. In Mittagspause. Nicht ist zu Hause. Herr Wetzel nichts hat erzählt, sitzt aber oben und ist ganz komisch."

Robert stutzte. Das erklärte natürlich Wetzels patzige Antwort heute Morgen. Wenn er nicht gewusst hatte, wo Schneider steckte, hätte er natürlich überhaupt kein Interesse gehabt, Robert dies auf die Nase zu binden. Er beschloss nach der Zigarette zu Wetzel hoch zu gehen und noch einmal nach Schneider zu fragen.

Aber wo steckte Schneider? Robert fielen nicht sehr viele Möglichkeiten ein, warum Schneider nicht zum Dienst erschien, und noch weniger, warum Wetzel nicht darüber Bescheid wusste. Ähnliche Gedanken schienen auch Alis anderen Zuhörern durch den Kopf zu gehen. „Dem wird doch nichts passiert sein", platzte eine junge technische Angestellte aus dem zweiten Stockwerk heraus. ‚Unkraut vergeht nicht', hätte Robert am liebsten gesagt, aber es waren zu viele Leute anwesend, deren Verhältnis zu Schneider er nicht einschätzen konnte, und so hielt er seinen Mund. „Die Pforte auch nichts weiß", plauderte Ali weiter. „Hoffentlich nichts passiert". „Vielleicht ist das irgendein Missverständnis und er ist gerade irgendwo beim Langlauf", sagte jemand. „Mich stört's nicht, wenn Schneider nicht da ist", sagte ein anderer. Robert schien mit seiner Abneigung gegen Schneider doch nicht so allein hier zu sein. Was ihn andererseits auch nicht wunderte. Alle schickten sich an, so schnell wie möglich wieder ins Warme zu kommen. Auch Robert verzichtete darauf, seine Zigarette bis zum bitteren Ende zu rauchen. Wurde Zeit, dass es wieder wärmer wurde. Das Rauchen im Hof war in dieser Jahreszeit wirklich kein Vergnügen. Er drückte seine Zigarette aus und ging ins Haus. Sollte er wirklich noch einmal bei Wetzel vorbei gehen? Er konnte neugierige Menschen nicht leiden und versuchte normalerweise seine eigene Neugier auf Dinge, die nicht mit seinem Leben im direkten Zusammenhang standen, im Griff zu haben. Trotzdem, Schneider hatte mit seinem Leben etwas zu tun, auch wenn er sich einfach drüber freuen konnte, dass er gerade nicht da war, um irgendjemanden zu schikanieren.

Er würde später noch einmal nach oben gehen, beschloss er und ging zu seinem Schreibtisch.

Benjamin schraubte am Gaschromatographen. Robert war gerade da gewesen und hatte erzählt, dass alles danach aussähe, als ob Schneider heute nicht zum Dienst erschienen sei. Robert hatte auch von den Spekulationen erzählt, die mittlerweile schon im Haus herum gingen. Von einem Fahrradunfall war da die Rede, einem vergessenen Skiurlaub. Doch keiner schien wirklich zu wissen, wo Schneider steckte.

Mittlerweile war es schon vier Uhr, und die meisten hatten den Betrieb verlassen. Wer noch da war, machte entweder Überstunden, oder gehörte zu denen, von denen verlangt wurde, ihr Leben der Wissenschaft zu opfern. Er selbst gehörte zu den Ersteren. Er arbeitete gern in diesem Betrieb, hatte von Anfang an gewusst, dass er hier arbeiten wollte. Nach seiner Ausbildung zum Biologisch Technischen Assistenten, hatte er nur eine einzige Bewerbung geschrieben. Er hatte sich Wochen auf das Vorstellungsgespräch vorbereitet. Wie seine Kollegen und Kolleginnen gern erzählten, war er zunächst nicht einmal in die engere Auswahl gekommen. Doch dann hatte der Chef des Betriebs die ausgesuchte Person nicht gewollt, alle Bewerbungen waren noch einmal durchgegangen worden, und schließlich war er zum Vorstellungsgespräch eingeladen und auch genommen worden. Das war jetzt über sechs Jahre her. Er hatte sich gut eingelebt. Das Labor war sein kleines Reich, in dem er von allen mit Hochachtung behandelt wurde. Nicht dass er außer seiner Arbeit nichts kannte. Im Gegenteil, wenn er abends nach Hause kam erwartete ihn die Welt von Kunst und Kultur, die er sich, seit er hier am Betrieb war, auch leisten konnte. Trotzdem gehörte er zu den Personen, die ihre Arbeit ernst genug nahmen, um zu wissen, wann Überstunden angesagt waren, und wann man diese auch wieder abfeiern konnte. Und damit er das ohne schlechtes Gewissen tun konnte, führte er akribisch Buch über die Zeit, die er im Betrieb verbrachte. Heute Abend wollte er in die Oper gehen. Nabucco, der Gefangenenchor, - ihm lief es jetzt schon kalt über den Rücken. Wenn nur endlich dieses verdammte Gerät machen würde, was er wollte. Er musste die Messung heute noch starten, wenn er die Daten morgen vorlegen wollte.

Draußen war es schon dunkel. Er musste sich beeilen, damit er seinen Zug noch bekam. Es war gestern schon sehr spät geworden. Sein Freund wäre nicht begeistert, wenn er heute später als nötig nach Hause käme. Die Ankündigung, heute zusammen in die Oper zu gehen und davor gediegen zu Essen, hatte seine Wut über sein spätes Kommen gestern gemildert. Verdammtes Gerät.

Draußen hörte er die Putzfrauen herumwerkeln. Eine von ihnen kam kurz herein, um den Abfall zu leeren. Er grüßte sie, und wie immer erschreckte sie sich fast, so sehr war sie in ihrem Trott und so wenig war sie es gewohnt, von Leuten hier aus dem Betrieb überhaupt wahrgenommen zu werden.

Endlich lief das Gerät. Er schaltete seine Computer aus, raffte sein Zeug zusammen und fing an zu rennen. Sollten die Putzfrauen hinter ihm abschließen, die waren sowieso noch nicht ganz durch.

Sie war auf dem Weg nach Hause. Nach Hause! So verlockend das klang, so wenig hatte das mit ihrer Realität zu tun. Unter „zu Hause" stellten sich normale Menschen ein gemütliches, sauberes Heim vor, einen Ort, an dem Ruhe und Zufriedenheit herrschten, einen Ort der Entspannung für den kommenden, schwierigen Tag. Genau das Gegenteil war bei ihr der Fall. Wenn sie in ihre Wohnung kam, sah es aus, als hätte eine Bombe eingeschlagen. Auf den Boden achtete sie schon gar nicht mehr, es sei denn, es war Sonntag, alles erledigt war, und ihr Blick auf die angetrockneten Breireste unter dem Tisch fiel. Als sie die Tür aufschloss, sah sie sofort, dass der Anrufbeantworter in der Ecke blinkte. Sie lief an ihm vorbei, ohne auf das Knöpfchen zu drücken. Was konnte sie schon erwarten. Sie konnte sich nicht vorstellen, dass irgendetwas Positives darauf verzeichnet war. Wahrscheinlich Freundinnen, die sich beschwerten, weshalb sie sich nicht gemeldet hatte, ihre Eltern, mit ähnlichen Vorwürfen, oder jemand, der irgendetwas von ihr wollte, sicher jedoch etwas, was in der Folge ihre Zeit fraß. Und die hatte sie nicht. In wenigen Minuten würde es an der Tür klingeln, und sie würden ihr ihren Sohn bringen. Bis dahin musste sie noch die Wäsche in die Maschine schmeißen, das Geschirr so weit wegspülen, damit sie ihm das Abendessen vorbereiten konnte und noch einen Tee für ihn kochen. Die Post ließ sie auf den Stapel fallen, der sich auf der Anrichte anhäufte. Die würde sie am Wochenende in Angriff nehmen. Denn, egal was es auch war, - und auch hier erwartete sie nichts Angenehmes-, es konnte mindestens eine Woche liegen bleiben, und sie konnte dann immer noch eventuellen Einspruch erheben. Mit Grauen dachte sie an den Stapel auf ihrem Schreibtisch, Rechnungen, zum Teil schon über einen Monat überfällig. "Ich kümmere mich übermorgen darum, gehe etwas früher von der Arbeit los und vor dem Einkaufen noch bei der Bank vorbei" sagte sie laut zu sich selbst, als würde sie sich dadurch eher glauben. Der Tee war übergegossen- das musste zuerst passieren, weil er ja sonst noch zu heiß war, wenn Sebastian kam und sie war gerade mitten beim Spülen, als es an der Tür klingelte. Sie zwängte sich an der Liegefläche vorbei und rannte zur Tür. Sie wollte nicht, dass die Fahrer zu ihr in die Wohnung kamen. Sie taten das ohnehin nur, wenn es nicht anders ging, und sie war ja noch jung genug, den schweren Rollstuhl die paar Treppchen hoch zu ziehen. Sie lief also vor die Tür, wo Sebastian schon, samt Rollstuhl, dastand, bedankte sich bei den Fahrern und küsste ihren Sohn, der dabei das Gesicht verzog, was sowohl Freude als auch Widerwillen bedeuten konnte. Im Grunde war ihr das für diesen Moment aber auch egal. Sie zog ihn die Stufen hoch, rollte ihn in das kleine Wohnzimmer und stellte ihm Fragen, auf die er sowieso nicht antworten konnte. „Na, war es schön in der Schule? Was habt ihr heut gemacht? Komm, ich zieh dir die Jacke aus. Das Essen ist gleich so weit fertig, versprochen. Ach verzieh doch nicht das Gesicht, ich beeil mich ja schon. Ich weiß, dass du Hunger hast, aber ich bin auch sofort fertig. Komm, hier stell ich dir schon mal den Tee hin, dann kannst du zumindest was trinken. Hast du heut in der Schule genug getrunken?" Sie füllte eine Nuckelflasche mit dem Tee und stellte sie vor ihn hin.

Mit einer eckigen Bewegung, die immer aussah, als würde er knapp an der Flasche vorbeigreifen, schnappte er sich die Flasche und steckte sie sich in den Mund. So oft sie es bisher auch gesehen hatte, es grenzte für sie immer an ein kleines Wunder, wenn er das tat. So wenig er auch auszudrücken vermochte, was er dachte, er schien genau zu wissen, was er wollte und was nicht.

Sie ging in die Küche und spülte die restlichen Teller. Dann schmierte sie Brote und schnitt sie in kleine

Stückchen, als sie es plötzlich hörte. Oder besser, als sie nichts hörte. Das ständige Gebrabbel oder Genästel hatte aufgehört, und es war nur noch still. Sie ließ sofort das Messer fallen und stürzte in das Wohnzimmer, als sie gerade noch seinen Kopf auf den Tisch sausen sah. Sie stürzte zu ihm und zog den Rollstuhl vom Tisch weg. Im Krampf alle viere von sich streckend hing er da, als wäre er ausgestopft. „Atmen, Sebastian, atmen", sagte sie immer wieder, obwohl sie wusste, dass er das, wenn alles gut ging, sowieso gleich von alleine tun würde. Zum gegenwärtigen Zeitpunkt konnte sie ihm nur noch insofern helfen, darauf zu achten, dass er bei den nun folgenden Zuckungen nicht noch mehr blaue Flecken davon trug. Er würde schon jetzt morgen so aussehen, als hätte ihn jemand misshandelt. Endlich tat er einen tiefen Schnaufer und seine Gesichtsfarbe normalisierte sich etwas. In der kurzen Zeit die ihr blieb, bis die Zuckungen begannen, der fast immer folgende zweite Teil des Krampfanfalls, holte sie die Kältekompresse und hielt sie auf die schon anschwellende Beule auf seiner Stirn. Ein hübsches Horn würde das geben. Dann begann er zu zucken und sie wartete geduldig, bis die Intervalle kürzer und die Krämpfe schwächer wurden. Als er fertig gekrampft hatte, schnappte er sich erschöpft aber nur leicht irritiert seine Flasche. „Sebastian, du solltest dich nicht immer mit anderen Jungs prügeln", sagte sie scherzhaft, als sie die Beule betrachtete. Dann machte sie ihm sein Abendbrot fertig.

Stefanie saß an ihrem Laptop. Wie zu erwarten, war der Rest des Tages nicht gerade produktiv gewesen.

Christoph hatte Amelie nach Hause gebracht und obwohl sie mittlerweile aufgehört hatte zu weinen, sah sie
mit ihrer Halskrause wirklich schlimm aus. Sie hatten
sie erst einmal in ihr Bett gelegt, was schwer genug
gewesen war, da sie immer, wenn sie sie in die Horizon-
tale legen wollten, angefangen hatte zu kreischen wie
am Spieß. So saß sie nun in ihrem Bett, den Rücken
ausgepolstert, damit sie, sollte sie sich etwas beruhigt
haben, auch im Sitzen etwas schlafen konnte. Christoph
war mittlerweile wieder zur Arbeit gegangen. Zeit zu
reden, hatten sie nicht mehr gehabt. Stefanie hatte Amelie noch etwas zu Essen gemacht, was sie jedoch fast
nicht angerührt hatte. Schließlich hatte sie ihr ein Hör-
spiel in den CD-Player gelegt und war in den Raum
nebenan gegangen, um ein wenig an dem Antrag weiter
zu arbeiten. Nur rief Amelie etwa alle zehn Minuten,
weil sie etwas wollte. Zumindest kam es ihr wie zehn
Minuten vor. Es musste wirklich höllisch wehtun. Und
die Kleine hielt sich tapfer. Trotzdem musste sich Stefanie jetzt nach über vier Stunden sehr zusammen nehmen, immer noch mit demselben besorgten Gesicht im
Zimmer zu erscheinen, wie ganz am Anfang. Sie ging
zu ihr hinüber. Die CD war zu Ende, und sie fragte
Amelie, ob sie noch eine weitere hören wolle. „Ich will
Fernsehen, Mama. Bitte Mama, darf ich Fernsehen?",
bekam sie zur Antwort. „Amelie, es wird dir wehtun,
wenn ich dich jetzt aus dem Bett raushole, jetzt hat du
doch gerade ein Sitzposition gefunden, die nicht so weh
tut" „Ach bitte! Ich weine auch nicht, versprochen." Sie
sah ihre Tochter an, erschreckt darüber, wie erwachsen
sie manchmal für ihr Alter erschien. „Ach Amelie, da-

rum geht es doch nicht, wenn es weh tut, kannst du auch weinen, aber..." „Bitte Mama, ich will bei dir drüben im Wohnzimmer sitzen, bitte!" Stefanie dachte an den Antrag und ihr war klar, dass sie es vergessen konnte, daran weiter zu schreiben, sobald Amelie im Wohnzimmer war. Ja und? Dann konnte sie diesen blöden Antrag halt vergessen. Es würde ja wohl jeder verstehen, dass sie sich jetzt um ihre Tochter kümmern musste. Sie würde die Projektpartner anrufen und ihnen bis Freitag zusichern, dass sie dann den Antrag in den Händen halten würden. Notfalls konnte sie ja heute Nacht noch daran arbeiten. Schon bei dem Gedanken konnte sie Christophs Gesicht vor sich sehen. Sie hatte das Gefühl, von einer Katastrophe in die andere zu schlittern, und es trotzdem niemandem recht machen zu können.

„O.K., komm, du musst aber ganz langsam und vorsichtig machen. Kannst du laufen, oder soll ich dich lieber tragen?" Amelie wollte lieber laufen. „So, richte dich langsam auf, jetzt Beine aus dem Bett." Sie sah, wie Amelie die Zähne zusammen biss, und ihre Augen füllten sich mit Tränen. „Versuch' den Rücken grad zu halten, so ist's gut. Jetzt stehen wir auf." Sie liefen langsam ins Wohnzimmer und Amelie setzte sich auf das Sofa. Stefanie holte ein paar Kissen und polsterte Amelie so aus, dass sie, wie zuvor im Bett, aufrecht sitzen konnte, ohne sich anstrengen zu müssen. „Was willst du denn anschauen, meine Süße?", fragte sie ihre Tochter. „Mach bitte KIKA an, da kommen immer so tolle Sendungen. Die gefallen dir sicher auch." Stefanie musste lachen. So Unrecht hatte Amelie da nicht.

Manchmal hatte sie den Eindruck, dass ihr „Die Sendung mit der Maus" mehr Spaß machte als ihrer Tochter. „Gut, lass uns KIKA schaun. Möchte die Dame noch ein Erfrischungsgetränk oder einen Snack?" Jetzt musste auch Amelie lachen. Ihr Lachen klang hell wie eine Glocke. Das erste Mal, dass sie heute lachte. „Ein Erfrischungsgetränk, eine Erfrischungsgetränk!", rief sie und verzog gleich wieder das Gesicht, weil sie sich ungeschickt bewegt hatte. „Ihr Wusch ist mir Befehl!". Sie machte den Fernseher an, gab Amelie die Fernbedienung und machte sich auf den Weg zur Küche.

Silke und Mario saßen schweigend nebeneinander im Auto. Es war ein langer Tag, und die Leiche dieses Mannes war kein schöner Anblick gewesen. Als sie das bunte Trikot hatten schillern sehen, hatten beide zunächst an einen Fahrradunfall gedacht, doch schon wenige Schritte näher an dem Körper war dieser Gedanke wie weggeweht gewesen. „Den hat jemand mit einem ziemlich gezielten Schlag erledigt", sagte Silke nachdenklich. Die Leute der Spurensicherung waren noch mitten bei der Arbeit gewesen. Etwas entfernt hatte ein ziemlich blass wirkender älterer Mann zusammen mit einer rotbackigen älteren Dame gestanden. Die Gesichtsfarbe hatte ungefähr der Gemütsverfassung des Paars entsprochen. Während Hans Meissner nur mit Mühe einige Worte heraus bekam, war seine Frau in ihrem Redefluss schwer zu unterbrechen gewesen. „Lustiges Pärchen, oder?" Silkes zweiter Versuch, Mario zu einem Kommentar zu bewegen. Er saß schweigend am Lenkrad und fuhr Richtung Präsidium. Die beiden hatten ihnen geschildert, wie sie den Mann gefunden hatten. Ihr Mann war wie immer voraus gerannt. Margot Meissner hatte sich die kleinen Seitenhiebe, trotz des Ernstes der Situation, nicht verkneifen können. Sie selbst habe nur seinen Aufschrei gehört und war ihm dann zu Hilfe geeilt, weil er sich übergeben musste. Ihr Mann hatte ja noch nie Blut sehen können. Wie zum Beweis hatte sie auf einen Flecken grünlichgelben Schleims gezeigt, der am Fuße eines Baums in Richtung Boden rann. Sie selbst sei ihr Leben lang Krankenschwester gewesen und den Anblick blutender Menschen gewohnt. Nein, sie hätten nichts verändert oder angefasst, bis auf… und sie hatte trotz des angesäuerten Blick ihres Mannes nochmals auf das Erbrochene gedeutet. Ihnen sei sofort klar gewesen, dass man dem armen Mann nicht mehr hätte helfen können, hatte sie wie zu einer Art Verteidigung hinzugefügt. Ein Glück sei es gewesen, dass sie das Handy ihres Sohnes bei sich gehabt hätten, dass sie jedoch bis auf die Tastenkombination, die ihr ihr Sohn eingebläut hatte, nicht hatte bedienen können. Deshalb habe auch ihr Sohn und nicht sie selbst bei den Kollegen angerufen.

Mario brummte irgendwas. Seine Laune war beim Anblick der Leiche sofort an einem Tiefpunkt angelangt. Und während Silke die Aussagen der Beiden eifrig mitgeschrieben hatte, hatte er sich auffällig oft umgesehen, war immer wieder auf das Flatterband zu gelaufen, um den Leichnam noch einmal zu betrachten. Dass sich der ältere Mann beim Anblick all dessen hatte übergeben müssen, wunderte sie kaum. Zähflüssiges, aber noch feuchtes Blut, war in einer großen Pfütze auf den Boden geflossen. Die teilweise trockenen Stellen hatten den Eindruck vermittelt, dass es sich nicht nur um Blut, sondern viel mehr auch um Gewebe handelte. „Ziemlich gezielt ja!", kam jetzt die verspätete Antwort, als hätte Mario erst jetzt den Sinn ihrer Worte verstanden. Sie waren nach dem Gespräch mit dem Ehepaar noch etwas in der Gegend herumgelaufen, weil sie das Fahrrad, das offensichtlich zu diesem Radfahrer gehörte, noch vermissten. Doch im Umkreis der wenigen Meter, die sie sich bewegt hatten, hatten sie nichts dergleichen gefunden, und so hatten sie sich noch kurz mit der Pathologin unterhalten, die bei der Frage nach der Todesursache nur kurz geschnaubt und auf die Pfütze Blut gedeutet hatte. Die Genaue Ursache und die genaue Tatzeit würden sie morgen im Laufe des Tages erfahren.

Sie kamen im Präsidium an. Beiden war klar, dass der Feierabend jetzt gelaufen war. Das war ein Mord, bei dem die Maschinerie der Kripo sofort anlief. Ein brutal erschlagener Radfahrer machte der Öffentlichkeit Angst, und den Medien bescherte es eine goldene Nase. Und es roch nach SOKO und einem Bürgermeister, dem alles nicht schnell genug gehen konnte. Mario ging in sein Büro, rief bei seinem Chef an und bat um eine Unterredung, während Silke ihre Sachen an ihren Platz brachte und zum Kaffeeautomat ging, um für sie Beide einen Kaffee zu besorgen. Zehn Minuten später stiegen Beide, ihren Plastikbecher in der Hand, eine Etage höher. Hauptkommissar Werner erwartete sie schon.

„Kommen Sie herein!", begrüßte er sie. „Welch unerfreuliche Botschaft zu so später Stunde." Silke und Mario betraten das Büro des Hauptkommissars, und nicht nur die ratternde Kaffeemaschine zeugte davon, dass sie gerade nicht nur ein Stockwerk höher gelaufen, sondern auch einen ganzen Rang höher gestiegen waren. „Möchten Sie einen frisch gebrühten Kaffee? Die Brühe, die Sie da unten haben, kann ja kein Mensch trinken." Der Hauptkommissar wartete nicht auf eine Antwort, sondern stand auf, holte zwei zusätzliche Tassen aus dem Schrank und stellte sie mit samt der Kanne dampfenden Kaffees auf den Tisch, der von einer Sitzgruppe umgeben war. „Setzen Sie sich bitte und erzählen Sie, was wir bisher wissen." Mario schenkte sich einen Kaffee ein und sah ganz so aus, als wolle er ihr diesen Job ihr überlassen. „Es handelt sich um einen Mann Ende 40", fing sie deshalb an. „Die Identität kennen wir noch nicht, er hatte keinen Ausweis bei sich." „Dass es sich um einen Mord oder Todschlag handelt, scheint aber klar für Sie, wenn ich Sie am Telefon richtig verstanden habe." „Wir müssten uns schon sehr irren", antwortete Mario dem Hauptkommissar. „So wie die Leiche zugerichtet ist, kommt Selbsttötung jedenfalls nicht in Betracht. Außerdem handelte es sich um einen Rennradler, zumindest dem Äußeren nach. Sie wissen schon, buntes Fahrradtrikot und so. Mit nur einem Schönheitsfehler. Wir haben im näheren Umkreis sein Rad nicht gefunden. Außerdem lag er im Wald, ziemlich weit von der Straße entfernt und wie ein Mountainbiker sah er nicht aus. Er hatte die typischen Rennrad-Schuhe an." „Ein DNA-Test, wird wohl auch nicht viel bringen. Das wäre schon ein ziemlicher Zufall, wenn wir den in der Kartei hätten. Wir werden aber trotzdem einen machen.

Und natürlich werden wir auch alles andere checken, was wir so auf Lager haben." fügte Silke hinzu. „Also erst mal das gesamte Programm, vielleicht hat ihn ja auch jemand als vermisst gemeldet." Jeder der drei wusste, dass es dafür eigentlich viel zu früh war. Eine Vermisstenanzeige setzte voraus, dass sich jemand klar gemacht hatte, dass etwas Schlimmes passiert sein musste. Jemand, der noch selbst sprechen oder telefonieren konnte, verschwand meist nicht einfach so. Bis auf einige Eltern, die insgeheim hofften, die Tochter oder der Sohn sei von der Polizei aufgegriffen worden, riefen Leute, die jemanden vermissten, oft erst sehr spät an. Man konnte sich mit so vielen Theorien beruhigen, wenn man nur wollte.

„Ihnen ist klar, dass dieser Fall etwas Aufsehen erregen wird. Wir haben hier in Heidelberg nicht oft jemanden, der erschlagen im Wald aufgefunden wird. Wenn die Presse davon Wind bekommt, ist ruckzuck der „Mörder von Heidelberg" geboren und alles was mit so einem Mist einhergeht." Werner sah beide mit der typischen Miene an, die besagte, dass sie jetzt gut zuhören sollten. „Wenn sich jemand von der Presse bei Ihnen meldet, verweisen Sie ihn an mich. Und halten Sie mich bitte auf dem Laufenden."

Später am Abend, sie hatte ihren Sohn noch gewaschen, gewickelt und ins Bett getragen, saß sie auf dem Sofa und schaute sich in ihrem Wohnzimmer um. Es war einfach zu klein. Mit der großen Liegefläche blieb kaum mehr Platz um mit dem Rolli zu rangieren. „Fressender und scheißender Fleischklops!" Die Stimme hallte immer noch durch ihr Ohr. Sie hätte nie zu ihm gehen sollen. Hätte ihn am besten nie wieder sehen sollen. Sie hätte sich schon vorher denken können, wie er sich verhalten würde. Schon als sie ihm sagte, sie sei schwanger, hatte er sich wie ein Arschloch verhalten. Was hatte sie erwartet, was er sagen würde, wenn er seinen Sohn, den Krüppel, sehen würde? Er war ein Schwein, immer schon gewesen. Vielleicht hatte sie ihn einfach mit der Tatsache konfrontieren wollen, dass es Menschen gab, die nicht perfekt und trotzdem liebenswert waren. Vielleicht hatte sie gewollt, dass er sich seinen Sohn zumindest einmal ansah. Sie hatte nicht damit gerechnet, dass er nicht im Mindesten anerkannte, dass Sebastian sein Sohn war. Dass er nicht einmal anerkannte, dass Sebastian ein Mensch war. „Fleischklops". Der pure Hass stieg wieder in ihr hoch. Dabei war Sebastian gar nicht dick. Schon dass sie Sebastian gedanklich vor ihm verteidigte, ärgerte sie. Jemand, der so etwas sagte, hatte kein weiteres Wort mehr verdient. Hatte keinen weiteren Gedanken mehr verdient. Sie fing an zu weinen. Ihr wurde heiß und kalt, wenn sie über das nach dachte, was er noch so gesagt hatte. „Unwertes Leben, dem es besser ginge, wenn es tot wäre, noch besser wenn es nie geboren worden wäre." Das Babyphone sprang an. Sebastian quengelte. Sicher hatte er seinen Schnuller verloren. Sie wischte sich die Tränen ab, füllte vorsichtshalber seine Nuckelflasche mit Tee und ging in sein Zimmer. Sie fand den Schnuller auf dem Boden, brachte ihn ihrem Sohn, streichelte ihm über die Wange und sagte: „Schlaf jetzt Sebastian, es ist schon spät. Morgen bist du wieder todmüde, wenn du jetzt nicht schläfst."

Sebastians großes Glück war, dass er nicht mit der Intelligenz gestraft war, die es ihm ermöglichte, Worte zu verstehen oder Blicke zu deuten. Geschweige denn zu kapieren, wer dieser fremde Mann war, und was er gesagt hatte. Doch sie wusste es. Und sie hatte jedes Wort gehört. Und diese Worte rasten nun durch ihr Hirn.

Immer wenn sie sich wieder im Griff hatte, schoss ein neuer Begriff durch ihren Kopf, der sie aufheulen ließ, als hätte ihr jemand eine heiße Nadel in ihr Herz gebohrt. Sie lief in die Küche und goss sich einen Whisky ein. In einem Zug trank sie ihn aus, um sich gleich noch einmal nachzuschenken. Sie musste die Bilder loswerden, sein Gesicht, wie er sie anstarrte, die Worte, die aus seinem Mund kamen.

Sie lief ins Bad, ließ ihre Kleider auf der Stelle fallen. Sie ging nackt noch einmal ins Wohnzimmer und holte das Babyphone. Dann stellte sie sich unter die Dusche. Zug um Zug stellte sie das Wasser heißer, bis sie das Gefühl hatte, dass der Schmerz weg gebrannt wurde.

Wetzel war nach der Arbeit noch einmal zu Schneider nach Hause gefahren. Es war schon längst dunkel, doch trotzdem brannte kein Licht im Haus. Er fand alles unverändert vor, wie zu Mittag. Er hatte in Laufe des Tages noch ein paar Mal auf Schneiders Handy angerufen. Doch jedes Mal war nur die Mail-Box dran gegangen. Mittlerweile war er sich fast sicher, dass irgendwas passiert war. Aber was machte man in einem solchen

Fall? Einfach zur Polizei gehen? Er war weder verwandt, noch hatte er alle Daten im Kopf, die für einen solchen Fall für die Polizei wichtig sein konnten. Er konnte sich noch nicht einmal an Schneiders Geburtsdatum erinnern. Irgendwann im Mai. Trotzdem, irgendwas musste passieren. Er konnte ja zumindest einmal nachfragen, wie er sich als anständiger Bürger zu verhalten habe.

Er fuhr zur nächsten Polizeidienststelle. Doch die hatte um diese Uhrzeit schon längst geschlossen. Er versuchte sich zu erinnern, wo noch eine war, von der anzunehmen war, dass sie nach 18 Uhr offen hatte. Durfte man in einem solchen Fall die 110 wählen? Oder war diese Nummer nur für Notfälle gedacht? Und war dies nicht ein Notfall? Eigentlich nicht.

Aber wenn er sich richtig erinnerte, hatten in der Innenstadt alle Polizeidienststellen nach 18 Uhr zumindest eine Notbesetzung. Kurze Zeit später stand er vor dem großen, weißen Gebäude. In der Eingangshalle an der Rezeption fragte er den Mann hinter der Scheibe, der gerade die „Bild" las, wo man denn hin müsse, wenn man eine Person als vermisst melden wollte. Der Mann ließ sich kurz seinen Personalausweis zeigen, sagte dann eine Zimmernummer und drückte auf einen Knopf. Die Glastür, die in das Innere des großen Gebäudes führte summte, und Wetzel trat ein.

3

„Wir wissen wahrscheinlich, um wen es sich bei unserem Opfer handelt." Silke kam zu Mario ins Büro gestürzt. Als sie heute Morgen an ihren Platz gekommen war, hatte dort schon ein Zettel für sie gelegen, sie solle auf der Hauptwache anrufen. „Er heißt Alois Schneider, ist achtundvierzig Jahre alt und arbeitet in einem kleinen Betrieb etwas außerhalb von Heidelberg. Ein Kollege von ihm kam gestern Abend auf die Hauptwache. Dieser Herr Schneider ist gestern nicht zur Arbeit erschienen, was für ihn wohl sehr ungewöhnlich ist. Muss ein sehr akkurater Mensch gewesen sein." Silke schaute kurz auf den Zettel in ihrer Hand. „Sein Kollege ist dann zu ihm nach Hause gefahren, um zu sehen, ob es ihm gut ginge. Dann bemerkte er, dass sein Auto in der Garage stand und dass sein Fahrrad nicht da war. Er hatte Angst, Schneider sei im Wald gestürzt. Deshalb verständigte er die Polizei. Die Kollegen erinnerten sich sofort an unsere Anfrage - was ja auch nicht selbstverständlich ist - als sie hörten, er hätte vielleicht einen Fahrradunfall gehabt." Mario, sah von den Blättern auf, die vor ihm auf dem Schreibtisch lagen. Die ersten Befunde aus der Pathologie bestätigten, was sie schon gewusst hatten. Es war Mord. Ein Schlag in den Nacken hatte das Opfer bewusstlos gemacht, ein gezielter Schlag auf den Kopf mit einem harten Gegenstand, nachdem dem Opfer der Fahrradhelm ausgezogen wurde, hatte dann den Rest erledigt. Alles in allem sehr unschön und nicht gerade die Lektüre, die man sich auf nüchternen Magen wünschte. „Lass uns nachher mal zu dem Betrieb fahren und diesen Kollegen befragen.", sagte Mario etwas mürrisch. „Vorher würde ich mich aber noch von dir zu einem Kaffee und einem süßen Teilchen einladen lassen. Du bist doch dran, oder?" „Du bist eigentlich dran!", antwortete Silke grinsend, als sie in sein schlecht gelauntes Gesicht blickte. „Aber irgendetwas sagt mir, dass du heute Morgen vergessen hast, auf die Bank zu gehen." „Ich revanchiere mich beim Mittagessen, wenn wir vorher an einem Geldautomaten vorbeikommen.", erklärte Mario. „Komm, lass uns in die Cafeteria gehen, ich erzähl dir auf dem Weg, was im ersten Bericht der Pathologie steht. - Dass dieser Schneider unser Mann ist, ist sicher?" Silke konsultierte nochmals ihren Zettel. „Alles andere wären sehr komische Zufälle. Aber letztendlich werden wir es wohl erst wissen, wenn ihn jemand identifiziert hat. Es sieht allerdings so aus, als habe dieser Schneider keine näheren Verwandten gehabt. Jedenfalls wusste dieser Kollege von keinem."

Sie marschierten los in Richtung Cafeteria. Mario hatte den Bericht mitgenommen. „Also, so wie`s aussieht, war es Mord. Und wohl keiner der nettesten Art, wenn es das überhaupt gibt. Ist das Fahrrad schon gefunden worden?" Silke schüttelte mit dem Kopf. „Wenn ich ein Fahrrad loswerden wollte, würde ich es im Fahrradmeer vor dem Hauptbahnhof versenken. Ich bezweifle, dass man es dort jemals wieder finden würde.", sagte Mario mehr zu sich selbst. Etwas nachdenklich fragte Silke: „Sag mal, steht in dem Bericht etwas über die Todeszeit? Ungefähr?" Mario blätterte kurz. „Vorgestern Nacht, zwischen 18 Uhr und 22 Uhr, genaueres später", las er vor. „Das ist komisch!" Silke schaute Mario nachdenklich an. „Dieser Kollege, er sagte, er habe gestern um die Mittagszeit, auf dem Handy des Herrn Schneider angerufen. Es klingelte, und dann wurde er weggedrückt. Zunächst erschien ihm das wohl als ein Beweis, dass nichts Schlimmes passiert war. Als er es jedoch noch mal probierte, war das Handy ausgeschaltet." „Doch der falsche Mann?", fragte Mario nachdenklich. „Oder verdammt dummer Mörder. Wir sollten das Handy orten lassen. Ich sag den Kollegen schnell Bescheid, wir treffen uns dann in der Cafeteria." Silke verschwand, und Mario ging alleine weiter. Er grüßte ein paar vorbeikommende Kollegen. Wenn der Mörder das Handy wirklich hatte, hatte er es spätestens nach dem weggedrückten Anruf ausgeschaltet und wenn er ein bisschen etwas von High-tech verstand, hatte er auch den Akku entfernt oder es gleich weggeworfen. Trotzdem, eine Möglichkeit war es, wenn dieser Schneider überhaupt ihr Mann war.

Als Stefanie in den Betrieb kam, war sie noch gerädeter als sonst. Sie hatte die Nacht kaum geschlafen. Amelie hatte immer wieder geweint und war nur zwischenzeitlich kurz aus Erschöpfung eingeschlafen. Sie war einige Male zu ihr gelaufen und hatte sich dann entschlossen, ganz auf die Couch in Amelies Zimmer umzuziehen. Vielleicht konnte dann wenigstens Christoph etwas schlafen. Sie waren abends noch bei einem Wein beisammen gesessen, und Christoph hatte nach einem anfänglichen Schwall von Vorwürfen, rational wie er war, angefangen, die nächsten Tage zu planen.

Sie würden beide jeweils halbe Tage frei nehmen. Je nachdem, waren da ja auch noch Amelies Großeltern, die man fragen konnte, und natürlich auch Christophs Eltern, die Amelie fast behandelten, wie ihre eigene Enkeltochter. Am heutigen Tag hatte Christoph am Nachmittag eine Besprechung. So hatte sie sich heute früher als gewohnt hochgerappelt und war leise aus dem Zimmer geschlichen. Der Sprung unter die Dusche hatte allerdings nur sehr begrenzt etwas genutzt. Bevor sie gegangen war, hatte sie noch einmal kurz nach ihrer Tochter gesehen, die im Bett im Sitzen schlief, weil sie jedes Mal, wenn man sie hinlegen wollte, wieder zu brüllen angefangen hatte. Sie hatte sich nicht getraut, sie zum Abschied zu küssen, aus Angst, sie zu wecken. Sie hoffte, dass sie zumindest im Schlaf schmerzfrei war.

Sie startete ihren Computer, öffnete Outlook und sah die E-Mails durch. Wie erwartet, wollten die Projekt- partner wissen, wann sie den Antrag würde vorlegen können. Sie schnappte sich das Telefon und wählte die Nummer eines ihrer Partner. Sie war noch am Telefo- nieren und erklärte gerade zum zweiten Mal, warum sich die Fertigstellung des Antrags noch bis Ende der Woche verschieben müsse, als Robert nach einem kur- zen Klopfen eintrat. Sie schaute kurz zu ihm herüber, widmete sich aber dann gleich wieder ihren Gesprächs- partnern. Was immer er wollte, es war sicher nicht dringender als alles andere, das sie noch vor hatte zu erledigen, bevor sie zurück zu ihrer Tochter nach Hause ging.

Er wartete geduldig, bis sie zu Ende telefoniert hatte, fing aber an zu reden, als sie in Begriff war von neuen eine Nummer zu wählen. Ihr Bedürfnis nach Distanz ausnahmsweise akzeptierend, fragte er weder nach dem Grund ihres gestrigen Verschwindens - er hatte ja jetzt am Telefon gehört, dass es ihrer Tochter nicht gut ging - noch nach ihrem Wohlbefinden. Er schien viel mehr mit anderen Dingen beschäftigt, legte ihr eine CD auf den Schreibtisch, auf der sich der Vorschlag für die Präsentation für die nächste Woche befand und dazu noch ein Bericht, den sie sich, hätte sie die nächsten Tage Langeweile einmal zu Gemüte führen könne. Die Ironie, die in seiner Stimme lag, machte ihr klar, dass er sehr wohl wusste, dass das Wort „Langeweile", was sie und ihre Situation betraf, unangebracht war. „Ach, und irgendwas ist mit Schneider los.", setzte er noch hinterher. Stefanie hatte mit Klatsch und Tratsch noch nie viel anfangen können und war froh, wenn die Anderen sie damit verschonten. Dementsprechend unwirsch versuchte sie Robert abzuservieren. „Robert, ich werde dir morgen den Antrag zuschicken und dich bitten, ihn noch mal durchzulesen. Ich komme später noch mal runter zu den Anderen…" Doch der ließ sich ganz entgegen seiner Gewohnheit nicht einfach so abwimmeln. „Steff, Schneider ist seit zwei Tage nicht in der Arbeit gewesen." Sie spürte, wie etwas in ihrem Innern zu grollen begann. „Auch Herr Schneider wird mal krank", sagte sie kurz und fing wieder an zu wählen, um Robert deutlich zu zeigen, dass sie für solch einen Mist absolut keine Zeit hatte. „Er hat sich nicht krank gemeldet. Keiner weiß, wo er steckt." Sie unterbrach kurz das Wählen. Mit einem Ton, der ihm deutlich machen sollte, dass er sie jetzt endlich in Ruhe lassen sollte, sagte sie ohne noch einmal zu ihm auf zu blicken: „Und woher kommt diese Information? Und warum sollte es mich interessieren?" Das war etwas zu hart gewesen. Normalerweise hatte sie sich etwas besser in Griff. Robert sah sie kurz an, als wolle er noch etwas sagen. Drehte sich jedoch dann einfach um, und verließ das Büro.

„Chris-toooph?", die Art in der Amelie seinen Namen in die Länge zog, sagte ihm sofort, dass sie etwas von ihm wollte. „Was ist, Prinzessin?", fragte er deshalb scheinheilig, als wisse er nicht, auf welches Spiel er sich gerade einließ. „Liest du mir was vor?" kam prompt die erwartete Antwort. „Wir hatten einen Deal, Amelie", antwortete er ihr. „Du hörst noch deine Drei ???-CD, und ich les' dir, wenn ich meinen Kram erledigt habe, vor, bis die Mama kommt." Sie sah ihn mit ihren großen traurigen Augen an. „Aber die kenn ich doch schon alle." Sie schob ihre Unterlippe etwas nach vorne, was anzeigte, dass sie sich ungerecht behandelt fühlte. „Das stört dich doch sonst auch nicht.", sagte er, ihre Unterlippe ignorierend. „Normalerweise hab' ich auch kein gebrochenes Genick! Wenn du mir vorliest bin ich viel besser abgelenkt. Dann tut das Genick auch viel weniger weh." Als sie demonstrativ das Gesichtchen schmerzvoll verzog, musste Christoph unwillkürlich grinsen. „Erstens, Prinzessin, hast du kein gebrochenes Genick, sondern einen geklemmten Nerv…" Anscheinend war ein geklemmter Nerv nicht spektakulär genug für Amelie. „Es tut aber weh, wie ein gebrochenes Genick!", warf sie ein. „Und woher weißt du, wie ein gebrochenes Genick sich anfühlt?", ließ er sich auf ihre Argumentation ein. „Weil...weil", sie begann sichtlich zu überlegen, ihre Unterlippe schob sich noch weiter nach vorne. „Weil", ihr Blick wurde triumphierend, „weil es sich anfühlt wie bei meinem Arm damals, nur halt oben im Genick!" strahlte sie. Christoph bezweifelte ernsthaft, dass sie sich bei ihrem gebrochenen Arm damals noch an viel mehr erinnerte als an den Gips, den sie ihr verpasst hatten, und die folgenden Tage des Himmels auf der Erde, als Steff und er sich alle Beine ausgerissen hatten, sie bei Laune zu halten. Doch damals hatte Steff noch nicht voll gearbeitet, und auch er hatte sich problemlos ein paar Tage frei nehmen können. „Ach so", sagte er gespielt nachdenklich, „na wenn es soo weh tut, kannst du sicher auch nachher gar nicht rüber ins Wohnzimmer und KIKA schaun, oder?" Amelie überlegte kurz, machte dann ein entschlossenes Gesicht und sagte: „Nö, so weh tut es nich!" und als wäre damit alles geklärt, setzt sie noch hinterher „Kannst du mir bitte noch was zu Trinken bringen, bevor wir mit dem Vorlesen anfangen?" Dieses Kind hatte ihn wirklich im Griff. Mit ihrer dicken Halskrause saß sie aufrecht wie eine Königin im Bett, bewusst oder unbewusst wissend, dass er ihr sowieso keinen Wunsch abschlagen konnte. „Ich werde dir jetzt was zu Trinken bringen, dann mach' ich noch was fertig und dann, werd' ich dir vorlesen! O.K.? Sagen wir...", er schaute auf die imaginäre Uhr, die er sonst immer am Handgelenk trug, die aber noch auf seinem Nachttisch lag. „Sagen wir in etwa einer viertel Stunde." Und bevor sie ihn noch weiter einwickeln konnte, schaltete er die CD an, und verließ das Zimmer.

Über sich selbst lächelnd lief er in die Küche, um ihr ein Glas Orangensaft einzuschenken. Amelie konnte ihn mit einer Leichtigkeit um den Finger wickeln, die erschreckend war. Gleichsam vom ersten Augenblick an, als sie sich begegnet waren, hatte er das Gefühl gehabt, ihr etwas geben zu müssen, was nur er ihr geben konnte. Er hatte Steff beobachtet, wie sie mit ihr liebevoll, aber rational wie mit einem Erwachsenen redete, und hatte sofort gewusst, dass er sich mit diesem Kind verbünden musste, um dem Ernst, der in diesem Haus herrschte, etwas entgegen zu setzten. Und Amelie hatte es vom ersten Augenblick an genossen, dass er auf ihre Kindlichkeit einging, wie es Steff trotz aller Mühe niemals würde schaffen können. Christoph hatte selbst keine Kinder. Hatte jedoch immer welche haben wollen. Doch die Frauen, mit denen er vor Steff zusammen gewesen war, waren entweder zu jung oder aus anderen Gründen nicht bereit gewesen, mit ihm zusammen die Verantwortung, die so ein Kind darstellte, einzugehen. Jetzt hatte er Amelie und er glaubte, sie wie seine eigene Tochter zu lieben. Aber wie liebte ein Vater eine Tochter? Steff gestand ihm die Vaterrolle zu. In Konfliktsituationen benutzten sie jedoch beide die Tatsache, dass er nicht Amelies leiblicher Vater war. Den leiblichen Vater Amelies kannte Christoph nicht. Er war sich nicht mal sicher ob Steff seinen Namen kannte. Er konnte sich einzig daran erinnern, wie sie ganz am Anfang ihrer Beziehung etwas angetrunken von brauchbarem genetischem Material gesprochen hatte. Ihm war der etwas bittere Ausdruck um ihre Mundwinkel damals nicht entgangen, er hatte sich jedoch nicht getraut, in diesem Stadium ihrer Beziehung zu tief in ihre Seele vorzudringen. Zu jedem späteren Zeitpunkt jedoch, hatte sie immer nur abgewunken. Es war ihr Geheimnis und Christoph hatte es irgendwann auch aufgegeben, weiter zu bohren. Doch eines Tages würde Amelie selbst fragen, wie das mit ihrem leiblichen Vater gewesen war. Er wusste, dass Steff das bewusst war, und dass sie insgeheim einen Horror davor hatte.

„Wann kommt Mama?", fragte Amelie, als er mit dem Orangensaft in das Kinderzimmer kam. „Ich muss um zwei Uhr hier weg", antwortete er ihr, „und sie hat versprochen vorher hier zu sein." Und sie wird sich diesmal hoffentlich auch dran halten, setzte er gedanklich hinzu.

Die Polizeibeamten standen vor dem Haus mit dem ordentlichen Garten und sahen dem Herrn vom Schlüsseldienst zu, wie er sich an der massiven Tür zu schaffen machte. Sie hatten die Genehmigung erhalten, in das Haus von Alois Schneider zu gehen, um sich dort umzusehen und etwas genetisches Material mitzunehmen. Endlich war der Mann vom Schlüsseldienst fertig und winkte sie herüber, indem er auf die offene Tür deutete. Sie betraten das Haus. Dieser Mensch schien wirklich unglaublich ordentlich gewesen zu sein. Als sie die Plastiksäckchen über ihre Schuhe zogen, sagte einer: „Ob der Besuch unseres Herrn Schneider auch immer solche Säckchen über den Schuhen tragen musste?" Die Anderen lachten, dann betraten sie gemeinsam das

Wohnzimmer. „Schaut euch um nach Haaren oder anderem Material, was brauchbar für uns sein könnte.", ordnete der leitende Beamte an. „Diese Wohnung sieht nicht gerade nach Fußnägeln im Aschenbecher oder Haarbüscheln im Waschbecken aus, wenn ihr mich fragt", antwortete ein Anderer. Zwei Leute fingen oben im Badezimmer an, die anderen sahen sich in den weiteren Räumen des Hauses um. Nachdem sie den Toiletteneimer, die Zahnbürste und den Kamm gesichert hatten, stießen sie wieder zu den Kollegen in den unteren Räumen. „Dieses Haus ist wirklich unglaublich sauber. Es ist schwer, sich vorzustellen, dass hier jemand gewohnt hat." „Oh, es gibt Leute mit Putzzwang, die müssen die ganze Zeit putzen, weil sie Angst vor Keimen oder so haben." Der leitende Beamte stand vor dem Schreibtisch und sah recht nachdenklich aus. „Irgendwas interessantes, Michael?", rief jemand zu ihm rüber. Er winkte den Kollegen zu sich. „Nicht gerade sehr persönlich", antwortete der nach einem kurzen Blick. „Könnte auch in nem Möbelhaus stehen." „Das Bild ist interessant!", sagte ein anderer Kollege, der ebenfalls in der Nähe stand. Michael nahm das Bild in die Hand. Mehrere Männer in Uniform waren darauf zu sehen. Er stellte es wieder an seinen Platz. Er zog die obere Schublade auf. Alles war sortiert wie gerade erst vor kurzem aufgeräumt. Zwanghaft, wirklich zwanghaft, dachte er. Er machte die Seitentür des Schreibtischs auf und fand dort, neben einigen ordentlich gestapelten Papieren, einen Kalender. Er nahm ihn heraus und schaute auf das Jahr. Es war der aktuelle Kalender. Er steckte ihn in ein Tütchen und reichte ihn an den Kollegen weiter. „In Häusern wie diesen habe ich immer das Gefühl, irgendwo muss der ganze Unrat sein. Ich mein' das im übertragenen Sinne. War schon jemand im Keller? Gibt's da ne Folterkammer oder große Kühlschränke?" „Zwanghafte Menschen müssen keine Psychopaten sein!", Michael ging wie zur Demonstration seiner Worte auf die Türe zu, die offensichtlich zum Keller führte. Auch hier war alles sauber. Der Keller war warm, wahrscheinlich würde er hier neben einer kleinen Werkstatt den Hobbyraum finden. Er hatte sich mit seiner Annahme nicht getäuscht, und dieser Hobbyraum erinnerte zwar leicht an eine Folterkammer, zeigte jedoch keinerlei Spuren, die auf eine solche Nutzung hindeuteten. „Solange wir nicht wissen, was wir finden wollen, macht es wohl kaum einen Sinn, hier weiter herumzusuchen.", sagte er sobald er wieder oben war. „Lasst uns das Material an das Labor weitergeben. Den Kalender schick ich zu Mario. Abflug Männer! Ich brauch frische Luft."

Robert saß in seinem Büro und hackte wieder einmal Zahlen in den Computer. War es sein Problem, wenn Steff gerade Stress hatte? Musste er sich von ihr behandeln lassen, als wäre er das Letzte? Er hatte ihr das mit Schneider nur erzählen wollen, um sie auf dem Laufenden zu halten, um damit zu verhindern, dass sie wieder in irgendein Fettnäpfchen trat, ohne es zu merken. Aber eigentlich konnte ihm das ja auch egal sein. Was um sie herum passierte, schien sie ja nicht gerade zu interessieren. An ihrem typischen Schritten erkannter er, dass sie gerade den Gang entlang lief. Kurze Zeit später stand sie in der Tür. „Robert, ich fahre jetzt wieder nach Hause. Ich habe vorhin mit den Projektpartnern gesprochen und sie mit dem Antrag auf Freitag vertröstet. Deinen Teil habe ich schon eingearbeitet, heut' Abend maile ich dir alles bis auf die Zusammenfassung". „Ich bin heut schon ab halb fünf weg!", Robert drehte sich nicht zu ihr um, sondern gab weiter Daten ein. „Dann schicke ich es an deine Privatadresse und würde dich bitten, es mir bis morgen früh kommentiert zurück zu schicken", antwortete sie ihm. Robert war nicht gewillt es ihr so leicht zu machen. „Ich werde heut' Abend nicht zu mir nach Hause kommen. Vor morgen Mittag, werde ich es also nicht schaffen." Steff schien ebenfalls nicht gewillt, ihm eine so einfache Retourkutsche zu gönnen. „Morgen Mittag ist auch O.K., früher wäre allerdings besser". Für solche Bemerkungen hasste er sie. Sie hatte es wirklich drauf, sanften Druck auszuüben. Am liebsten hätte er ihr gesagt, dass sie ihm mal sonst wo könne, doch er begnügte sich, immer noch mit dem Rücken zu ihr sitzend, mit: „Geht klar, Steff!" zu sagen. Steff verließ den Raum und ging ins Nachbarbüro. Nun würde sie auch dort ihre Anweisungen hinterlassen. Der Antrag war ja nicht das Einzige, was momentan eilte. Ihre Tochter hatte sich schon einen tollen Zeitpunkt ausgesucht, um sich - wie er wohlgemerkt am Telefon erfahren hatte, als sie mit den Geschäftspartnern sprach – einen Nerv im Halswirbel zu klemmen.

Robert ging in den Sozialraum, um sich einen Kaffee zu holen. Ali kam ihm entgegen, hüstelnd und sich nach einem geeignetem Gesprächspartner umsehend. Robert war sich sicher, dass er vor lauter Bedürfnis, die

Neuigkeiten loszuwerden, die er wohl gerade irgendwo aufgeschnappt hatte, beinahe versucht war, ein Wort mit ihm zu wechseln. Stattdessen jedoch lief er, seine Hände ringend, in den Umkleideraum der Herren, und Robert würde einen Teufel tun, ihm dorthin zu folgen. Wenn Ali neue Informationen über Schneider hatte, würde er sie spätestens das nächste Mal, wenn er rauchen ging, erfahren.

Im Sozialraum machte sich Benjamin gerade einen Tee. „Ali hat neue Schneider-Infos", konnte sich Robert eine Bemerkung nicht verkneifen. „Aber ich scheine kein würdiger Empfänger für diese Neuigkeiten zu sein. Jedenfalls lief er einfach an mit vorbei auf der Suche nach geeigneteren Zuhörern." „Alis Neuigkeiten erfährt man früh genug! ", antwortete ihm Benjamin und schickte sich an, seinen Tee aufzubrühen. Seine ganze Körperhaltung signalisierte, dass er die Schnauze voll hatte von den Spekulationen um Schneider, und dass das Letzte, was er jetzt wollte, eine Unterhaltung über Ali war. Robert schenkte sich einen Kaffee ein und verließ den Sozialraum. Steff kam ihm entgegen. „Hast du Benjamin gesehen?" Robert antwortete ihr, indem er in Richtung Sozialraum nickte und in sein Büro verschwand.

Steff schaute Robert nach. Er war sichtlich sauer auf sie. Sie seufzte und ging in den Sozialraum. Sie hatte jetzt weder Zeit noch die Lust, sich mit Robert auseinanderzusetzten. Sein schnoddriger Ton und seine Gestik ärgerten sie trotzdem. Sie war immer noch seine Chefin und konnte eine gewisse Höflichkeit von ihm erwarten. Im Sozialraum goss sich gerade Benjamin eine Tasse Tee ein. Steff erklärte ihm, dass sie die nächsten Tage nur wenig im Betrieb sein würde und bat ihn, noch das Angebot für das neue Gerät einzuholen und zu ihr nach Hause zu faxen. Nachdem alles nötige geregelt war, konnte sie sich nicht verkneifen, Benjamin noch einmal nach Schneider zu fragen. „Robert hat so was komisches von Herrn Schneider erzählt.", fing sie an. Benjamin rollte mit den Augen, sichtlich genervt. „Schneider ist gestern und heute nicht bei der Arbeit gewesen, und Ali weiß nicht warum. Und da Ali sonst immer alles weiß, liegt Schneider mittlerweile verunglückt irgendwo im Straßengraben. Vielleicht ist er aber auch einfach nur Skifahren." Benjamin nahm seinen Tee, und diese Gestik sagte, wenn Steff jetzt nicht noch irgendwas Dringendes für ihn hätte, würde er gern wieder an die Arbeit gehen. Steff ließ ihn gehen und ging etwas nachdenklich zurück in ihr Büro, ihr Laptop und ihre Jacke zu holen. Als sie bei der Pforte vorbei kam, sah sie dort einen Mann und eine Frau stehen und sie hätte schwören können, dass die beiden Bullen waren.

Mario sah sie die Treppe nach oben laufen. Er sah ihren Blick, ihre Kleidung, die Frisur und die Reihe der Ohrringe, die sie an ihrem rechten Ohr trug. Er kannte diese Personengruppe, hatte Jahre lang in einem Bereich der Polizei gearbeitet, in der man mit diesem Spektrum zu tun hatte. Ihn verblüffte wohl eher, so jemanden in einem Laden wie diesem zu begegnen. „Entschuldigung!", fragte er die Frau an der Pforte. „Die Frau, die eben die Treppe hinauf lief, wer war das?" Er wusste nicht genau, warum ihn das interessierte. Es hing weniger mit dem Fall zusammen, dessentwegen sie hier waren. Es interessierte ihn nur brennend, ob es wohl einige von ihnen tatsächlich geschafft hatten, den berühmten Marsch durch die Instanzen zu machen, ohne sich oder ihre Ansichten anzupassen. „Das war Frau Dr. Schäfer. Wünschen Sie einen Termin mit ihr?" Die Frau schien sichtlich interessiert an seinem Interesse an dieser Frau Dr. Schäfer. „Nein, war nur so gefragt.", und um diese neugierige Frau gleich auf andere Ideen zu bringen, setzte er gleich hinter her. „Sie wollten uns gerade den Weg zu Herrn Wetzel erklären. Zweiter Stock?" Die Frau an der Rezeption blickte noch einmal zur Treppe, dann antwortete sie ihm. „Ja, zweiter Stock, die Treppe hoch, immer den Gang entlang, letzte Tür links. Soll ich Sie begleiten?" „Wir werden es finden!" Mario drehte sich zu Silke um. Sie feixte mit den Augen, und als sie etwas von der Rezeption entfernt waren, konnte sie sich anscheinend einen Kommentar nicht mehr verkneifen. „Immer noch das alte Jagdspektrum." Er war sich nicht sicher, ob sie damit seinen Frauengeschmack, oder seine vergangene Arbeit beim Staatsschutz meinte. „Findest du es nicht interessant, wo man diesen Leuten wieder begegnet? Ich frage mich manchmal, was von den alten Parolen übrig geblieben ist, wenn sie in solchen Positionen sitzen. Spenden sie jetzt an Green Peace und ernähren sie sich biologisch dynamisch?" „Vielleicht sind es Schläfer, die nur darauf warten, wieder reaktiviert zu werden. Und solange arbeiten sie in einem chemischen Labor und entwenden jeden

Tag ein Körnchen irgendeiner Substanz, die sie dann gegen die Menschheit verwenden können." Er wusste, dass Silke ihn auf den Arm nahm. Deshalb brummelte er nur noch „Ach vergiss es!" und las die Namen auf den Schildern an den Türen.

Am Ende des Ganges las er den Namen „Wetzel" und klopfte. Aber entweder war die Tür zu dick, um ein „Herein" hören zu können, oder es forderte sie tatsächlich niemand auf, das Zimmer zu betreten. Er drückte die Klinke herunter, öffnete die Tür und schaute hinein. An einem der beiden Schreibtische saß ein älterer Herr, schlecht rasiert und anscheinend völlig darin vertieft, einen Kugelschreiber zusammenzuschrauben. Er bemerkte sie erst, als Mario seinen Namen laut sagte. Er schien kurz zu erschrecken, als er in ihre Richtung blickte, setzte sich dann aber gerade auf seinen Schreibtischstuhl und legte den Kugelschreiber weg. Sehr leise sagte er. „Ah, die Polizei. Mir wurde angekündigt, dass Sie noch mal mit mir würden sprechen wollen. Nehmen Sie doch bitte Platz." Dann, als fiele ihm jetzt erst auf, dass außer seinem Schreibtischsuhl nur noch ein weiterer Stuhl im Zimmer war, erhob er sich und bot seinen Stuhl mit einer Handbewegung an. Silke lehnte dankend ab. Nicht, dass sie nicht gern saß. Aber sie empfand es psychologisch nicht ratsam, sich mit Mario zu setzen und zu Herrn Wetzel aufzuschauen. Dieser schien erleichtert und ließ sich zurück in seinen Bürostuhl fallen. Mario schob den anderen Bürostuhl so, dass er sich in kurzer Distanz zu Herrn Wetzel befand, und setzte ich ebenfalls. Silke schaute sich interessiert in dem großen Büro um. Ihr Blick fiel auf den zweiten

Schreibtisch, von dem Mario den Bürostuhl weggerollt hatte. „Ist das der Arbeitsplatz von Herrn Schneider?", fragte sie. Herr Wetzel sah sie kurz etwas verwirrt an, nickte dann aber. „Darf ich mich etwas umsehen?" Herr Wetzel nickte wieder, setzte dann aber hinzu „Sie werden nicht viel persönliches finden." Silke fing an Schubladen aufzuziehen. Mario begann mit der Befragung. „Herr Wetzel, Sie haben also gestern zuerst bemerkt, dass Herrn Schneider etwas zugestoßen sein musste." Herr Wetzel räusperte sich bevor er zu sprechen begann. „Wissen Sie, mein Kollege ist sehr zuverlässig. Ich kann mich nicht erinnern, dass er jemals zu spät gekommen wäre." Dann schilderte er ihnen den Verlauf des vorherigen Tages, bis hin zu seinem Gang zur Polizei. „Hatte Herr Schneider irgendwelche Feinde? Irgendjemand, der ihn bedrohte.", fragte Mario, als Herr Wetzel seinen Monolog beendet hatte. Nun blickte der mit erstauntem Gesicht auf. Während Herr Wetzel gesprochen hatte, hatte er die ganze Zeit auf den Kugelschreiber gestiert, den er, immer noch daran herumschraubend, in seinen Händen hielt. „Wie meinen Sie das? Ich...", er stotterte nun etwas, „... ich dachte er sei mit dem Fahrrad verunglückt." Mario lehnte sich im Sessel etwas nach vorne, und sah seinem Gegenüber mit festem Blick in die Augen. „Nun es sieht so aus, als ob es sich nicht einfach um einen Fahrradunfall handelt. Es scheint sich vielmehr um einen Mord zu handeln, und noch dazu um einen recht gewaltsamen, wenn ich das so sagen darf." Herrn Wetzels Augen weiteten sich ein Stück. Man konnte regelrecht dabei zusehen, wie diese Information in sein Gehirn eindrang. Dann blickte er wieder auf seinen Kugelschreiber und sagte „Feinde? Nicht dass ich wüsste. Aber mein Kollege sprach auch nicht viel über sein Privatleben." „Und hier in der Firma?" Mario erntete mit dieser Frage den nächsten ungläubigen Blick. „Sie meinen doch nicht...", er verstummte. Mario wartete. Es war seine Art, ruhig abzuwarten, was sein Gegenüber noch herauslassen würde, wenn man ihn mit seinen Gedanken allein ließ. Es verstrich einige Zeit. „Es gab ab und zu Streit. Alois ist ein Choleriker. Er kann Schlamperei nicht leiden. Aber...", wieder sah er Mario verständnislos an. „...aber ich kann mir nicht vorstellen, dass deshalb...", er stockte. Mario bohrte weiter. „Gab es den Streit immer mit einer bestimmten Person?" „Person ist nicht der richtige Ausdruck". Wetzels Antwort kam zunächst zögerlich. „Abteilung wäre treffender. Wissen Sie, dieses Haus hat verschiedene Geschäftszweige. Die Meisten haben mehr oder minder etwas mit chemischer Analytik zu tun. Eine Abteilung fällt da etwas raus. Die Abteilung Biologie ist etwas anders. Die Leute sind anders. Nicht, dass ich intolerant erscheinen möchte, aber vielleicht kennen Sie diese ungepflegten jungen Leute. Die, bei denen man den Eindruck hat, dass sie sich nicht um ihr Äußeres scheren. Lange Haare, schlampige Klamotten. Und abgesehen von den Äußerlichkeiten", er sprach jetzt etwas lauter, „wissen Sie, hier erscheint jeder pünktlich um 8 Uhr zur Arbeit, die meisten sogar um halb 8, nur die Abteilung Biologie macht hier ihre Extrawurst. Die kommen, wann sie wollen und gehen, wann sie wollen. Aber bei der Abteilungsleitung..." „Frau Dr. Schäfer, wenn ich nicht irre?", unterbrach ihn Mario. „Sie haben schon mit ihr gesprochen?" Herr Wetzel schien sichtlich beeindruckt. „Wir sind uns vorhin auf der Treppe begegnet.", sagte Silke schnell. Sie konnte sich nur zu gut vorstellen, wie sehr dieser Herr darauf brannte, dass man jemanden dieser verhassten Abteilung verdächtigte. Auch Mario schien einen ähnlichen Gedanken zu haben. „Wir werden hier wohl mit fast jedem einmal sprechen, denn bisher ist noch völlig unklar, wer Ihrem Kollegen das angetan haben könnte." „Da haben Sie sich aber was vorgenommen. Wir sind hier über 100 Personen. Wenn Sie mich fragen, so sollten Sie mit der Abteilung Biologie anfangen. Bei denen sieht nicht nur einer so aus, als ob er was auf dem Kerbholz hätte. Bei Frau Schäfer werden Sie aber heute Pech haben, ich habe sie vorhin schon wieder gehen sehen. Aber warten Sie mal, gestern war dieser Doktorand bei mir und war sehr interessiert daran, wo denn Herr Schneider stecke. Der Doktorand von Frau Schäfer!", fügte er kurz hinzu.

Silke hatte während des Gesprächs den Schreibtisch durchsucht. Wenn Herr Schneider ein Privatleben gehabt hatte, dann hatte er peinlich genau darauf geachtet, nichts davon an seinem Arbeitsplatz zu hinterlassen. Sein Schreibtisch war der ordentlichste, den sie je gesehen hatte. Das einzige Persönliche was sie sah, war ein Foto eines Fahrrads, ein Rennrad. Frisch geputzt glitzerte es im Sonnenlicht. „Ihr Kollege fuhr regelmäßig Rad?", fragte sie, während sie an einer Schublade rüttelte, die offensichtlich verschlossen war. „Oh ja!" erhielt sie zur Antwort, „jeden Tag nach dem Arbeiten. Im Winter wie im Sommer." „Wer wusste davon?", hakte Mario nach. „Ich denke, fast jeder hier im Betrieb.

Letztes Jahr ist er sogar die 40 km zu unserem Betriebs- ausflug mit dem Rad gekommen, alle anderen haben den Bus genommen. Außerdem fachsimpelte er gern über Rennräder, wenn jemand etwas davon verstand."
„Kam er auch mit dem Rad in den Betrieb?", fragte Silke, geistesabwesend immer noch an der Schublade ruckelnd. Herr Wetzel sah sie an, als hätte sie den Ver- stand verloren. „Niemals! Er hasste es, wenn jemand nach Schweiß roch und außerdem hätte er sein Fahr- rad", er deutete auf das Foto, „nie hier im Betrieb stehen gelassen. Wer weiß, wer hier etwas damit angestellt hätte." Er sackte wieder etwas in sich zusammen, als wäre ihm eben wieder bewusst geworden, was man mit seinem Kollegen angestellt hatte.

Mario erhob sich. „Ich danke Ihnen für Ihre Auskünf- te. Wir werden sicher noch einmal Ihre Hilfe brauchen." Mario ging zur Tür. Silke, die mittlerweile den ganzen Schreibtisch nach einem passenden Schlüssel durch- sucht hatte, blieb dort, wo sie stand. „Haben Sie einen Schlüssel für diese Schublade?", fragte sie. Herr Wetzel, der das Gespräch wohl schon für beendet angesehen hatte, schaute verständnislos zu ihr herüber. „Für diese Schublade." Sie ruckelte noch einmal daran. „Er trug seine Schlüssel immer bei sich", antwortete er ihr. „Wenn sie abgeschlossen ist, wird der Schlüssel wohl an seinem Schlüsselbund sein." Mario reichte ihm seine Karte. „Wenn Sie ihn finden sollten, oder wenn Ihnen noch etwas einfällt, dann rufen Sie uns doch bitte an." Und während Silke sich noch eine Notiz machte, verlie- ßen sie den Raum.

„Was hältst du von dem Typen?", fragte Mario, als sie den Gang hinuntergingen. „Ich will ja nicht intolerant erscheinen", äffte sie Herrn Wetzel nach, „aber, wenn du mich fragst, ist er ne arme Sau! Er wirkt, als sei der Verlust seines Kollegen nur ein Teil seines Schocks. Es scheint vielmehr, als ob er so ganz ohne jemanden, der ihm sagt, was er tun soll, recht hilflos ist. Glaube nicht, dass ein Hund sein Herrchen tötet." „Ich meine nicht als Verdächtiger, eher was er so erzählt hat. Vielleicht sollten wir wirklich mit dieser ominösen Abteilung anfangen." Silke schaute ihn von der Seite an. „Damit die Abteilung hier als noch ominöser gilt, als sie es wohl eh schon tut. Aber wenn du meinst", fügte sie hinzu. „Aber zuerst sollten wir mal zum Chef dieses Ladens gehen. Ich denke, der wird es wissen wollen, dass einer seiner Mitarbeiter ermordet wurde und wir deswegen durch seine Belegschaft laufen, um den Schuldigen zu suchen." „Oder die Schuldige", korrigierte Mario sie. „Oder die Schuldige" äffte sie ihn nach und verdrehte die Augen.

Sie föhnte der jungen Frau die Haare. Die las irgendeine Illustrierte und hatte sichtlich kein Interesse an einer Unterhaltung. Ihr war das recht. Nicht, dass sie nicht auch einmal gern ein Schwätzchen hielt – wenn sie nicht hier im Friseurladen mit normalen Menschen reden könnte, wäre sie wahrscheinlich schon längst irre geworden- aber heute Morgen war es ihr ganz recht, ihre Ruhe zu haben.

Sebastian hatte heute Nacht schlecht geschlafen. Nun, das war nicht ganz richtig. Er hatte wahrscheinlich, wenn er mal geschlafen hatte, recht gut geschlafen. Hatte laut geträumt, hatte, wenn er kurz wach wurde, laut gelacht oder das Brummspiel gespielt. Das hatte er erst ganz neu gelernt. Wenn er die Lippen zusammenpresste und dann Luft hindurchstieß, gab es so lustige Brummlaute. In Wahrheit hatte vor allem sie sehr schlecht geschlafen. Denn, so stolz sie auf ihn war, wenn er etwas Neues gelernt hatte, das Brummspiel brachte sie nachts fast um den Verstand. Sie war mehrmals zu ihm gegangen, hatte ihm erklärt, dass er jetzt schlafen müsse. Hatte es freundlich versucht, ungehalten, aber der Effekt war immer derselbe gewesen.

Heute Morgen dann hatte sie sich extra früher aus dem Bett gequält, damit sie noch schnell unter die Dusche springen konnte. Er war schon wach gewesen, und als sie ihn nach dem Duschen aus dem Bett geholt hatte, wusste sie auch warum. Diese bescheuerte Windel hatte nicht dicht gehalten. Und so hatte sie, nachdem sie ihn gewaschen, gewickelt und fertig eingekleidet hatte, noch sein Bett abgezogen und alles in die Maschine geschmissen. Erst dann hatte sie ihn gefüttert, ihm die Medikamente gegeben, und als es an der Tür läutete, ihn mit samt seinem Rolli an den Abhol-Service übergeben. Sie konnte nur hoffen, dass alles bis zum Abend trocken sein würde.

„Sie sehen aber heute nicht so frisch aus wie sonst" redete Frau Bitte-waschen-und-legen sie von der Seite an. „Haben Sie schlecht geschlafen?" „Vollmond", antwortete sie und sah nur den zweifelnden Blick ihrer Kollegin. Frau Bitte-waschen-und-legen hingegen stimmte ihr nur zu. Unglaublich was das ausmachte. Sie hätte das ja früher auch alles für Mumpitz gehalten, aber im Alter, „wissen Sie, da wird man für solche Dinge irgendwie sensibler." „Ich würde ja sagen dieser Vollmond heißt Sebastian", warf ihre Kollegin ein. Anja hatte manchmal ein Talent, ungefragt Dinge auszuplaudern. „Ihr Freund?", fragte daraufhin die Frau verschmitzt und zwinkerte ihr aufmunternd zu. „Mein Sohn!" antwortete sie müde. Freund! Was war das. Allein die Vorstellung, dass irgendein Mann mit ihr das Bett teilen könnte, während Sebastian die ganze Nacht Radau machte, kam ihr mehr als absurd vor. „Oh, Sie haben Kinder", kam sofort als Reaktion. „Ja, das ist hart am Anfang, bis sie erst mal durchschlafen. Und das Wickeln und Putzen, machen ja alles dreckig die Kleinen. Hat er denn schon alle Zähne?" „Hat er", sagte sie trocken. „Er ist vierzehn", setzte sie noch hinterher. Frau Bitte-waschen-und-legen schaute sie kurz erstaunt an, dann sagte sie: „Ach ja die Pubertät", und damit war das Thema für sie erst einmal erledigt.

Der Geschäftsführer war nicht gerade begeistert gewesen, als Mario und Silke ihm eröffnet hatten, dass wegen des Todes von Herrn Schneider sie dessen Arbeitskollegen verhören mussten. Die Nachricht, dass es sich bei dem vermeintlichen Unfall um Mord handelte, hatte ihn nur in ungläubiges Staunen versetzt. Doch ganz Mann von Welt hatte er ihnen schließlich jegliche Hilfe zugesichert, ihnen einen Raum für die Befragungen zugeteilt und dann auch noch die Sekretärin angehalten, Kaffee und Kekse bereitzustellen. Die ganze Zeit ließ er durchblicken, dass er keine Sekunde daran glaubte, dass irgendjemand aus dem Haus zu so etwas wie Mord fähig wäre. Auch nahm er das Wort „Befragung" kein einziges Mal in den Mund, sondern sprach viel mehr von Gesprächen, was zusammen mit Kaffee und Keksen, in Anbetracht der Umstände, fast skurril wirkte.

Nun stand die Frage im Raum, mit wem sie denn anfangen wollten, und weder Mario noch Silke waren sich sicher, ob ein Gespräch mit diesem Ausbund an Diplomatie sie auch nur im Geringsten weiterbringen würde.

„Wer hatte denn noch engeren Kontakt zu Herrn Schneider", fragte Silke den Geschäftsführer. „Sie meinen außer unserem guten Herrn Wetzel?", war die Antwort. Sie hatten ihm schon erzählt, dass sie mit Herrn Wetzel ein Gespräch geführt hatten. „Nun, da gibt es unseren Hauself", der Geschäftsführer feixte. Als er in die verständnislosen Augen der beiden Beamten blickte, fügte er lächelnd hinzu. „Herr Dogan, unser „Mädchen" für alles." Kurze Zeit später saßen Mario und Silke Herrn Dogan gegenüber. Der kleine Mann schien etwas verschüchtert und fühlte sich sichtlich unwohl. Mit seiner Person hatte der starke Geruch eines etwas aus der Mode gekommenen Aftershaves ins Zimmer Einzug gehalten. Silke überlegte, ob sie unauffällig das Fenster würde öffnen können, ohne allzu unhöflich zu wirken. Herr Dogan wirkte auf eine Art und Weise devot, die Silke als sehr unangenehm empfand. Doch wer wusste schon, was in so jemandem vor sich ging. Menschen, die ihr Leben lang gedemütigt werden, schlagen irgendwann zurück, dachte sie sich.

„Herr Dogan." fing Mario an. „Wissen Sie was Herrn Schneider zugestoßen ist?" „Herr Wetzel sagt, ein Unfall mit Fahrrad. Herr Schneider fährt viel mit Fahrrad. Jeden Abend. In Sommer und Winter." Mario bremste ihn. „Es handelt sich allem Anschein nach um Mord, Herr Dogan. Herr Schneider wurde heute Morgen tot aufgefunden". Der kleine Mann wurde nun sichtlich aufgeregt. „Mord", wiederholte er mehrmals. „Mord". „Haben Sie irgendeine Ahnung, wer so etwas tun könnte", sprang Silke ein. „Tun könnte...", wiederholte Herr Dogan, und Mario hatte den Eindruck, dass sein Gehirn auf Hochtouren arbeitete. Er saß vor ihnen, nestelte an seinen Gummihandschuhen herum und dachte sichtlich nach. Aber irgendwie befiel Mario das Gefühl, als würden sie von den Gedanken, die ihm durch den Kopf gingen, nicht sehr viel mitgeteilt bekommen. „Ja, wer das tun könnte..." setzte er deshalb etwas genervt noch einmal hinzu.

„Hören Sie, Herr Kommissar..." und es klang als hätte er diesen Satz nicht das erste Mal gesagt. „Ich hier nur eine Art Hausmeister. Die Leute nicht viel sprechen mit mir. Immer nur Arbeit, nur Arbeit. Herr Schneider ist guter Mann. Wie ist gestorben?" Doch Mario war nicht gewillt, ihm noch mehr Infos über Schneiders Tod zu geben. „Hatte Herr Schneider Streit hier im Haus? Gab es Konflikte?" „Streit, nein! Wir sind hier große Familie. Alle freundlich. Besonders die von Biologie. So freundlich. Haben mich schon zu Geburtstagen eingeladen. Nicht so arrogant." Da Mario weniger an den Geburtstagsfeiern der Belegschaft interessiert war und er befürchtete, dass er nun gleich eine Lobeshymne auf

Menschen zu hören bekommen würde, die Herrn Dogan zu Geburtstagen einluden, fragte er schnell nach: „Und die andern sind arrogant. Herr Schneider auch?". Herr Dogan hatte schon bei dem ersten Teil seiner Frage begonnen energisch mit dem Kopf zu schütteln. „Nein, alle nett, alle nett zu mir." „Herr Dogan, Sie kommen doch überall herum, Sie haben doch sicherlich überall Ihr Ohr. Sie können uns doch sicher sagen...", weiter kam Silke nicht. Herr Dogan schüttelte energisch den Kopf: „Ich nichts weiß. Schau nur nach Papier, dass immer da und mache Kopien."

Die Nachricht, dass die Polizei im Haus war, um einzeln Leute zu befragen, hatte sich schnell verbreitet. Auch dass es mit dem tödlichen Unfall des Herrn Schneider zu tun hatte. Robert hatte es in der Frühstückspause mitbekommen. Die sonst meist heitere Zusammenkunft war diesmal recht still gewesen. Alle nagten betroffen an ihrem Frühstück. Robert selbst wusste nicht so recht, wie er dreinblicken sollte. Er hatte Schneider wirklich nicht ausstehen können und er wusste, dass er ihn bestimmt nicht vermissen würde. Trotzdem war bei dem Tod eines Menschen Pietät angebracht. Seine Gedanken jedoch waren alles andere als pietätvoll. Außerdem ließ ihm die Anwesenheit der Polizei keine Ruhe: „Irgendjemand sollte Stefanie Bescheid sagen.", sagte er in die Runde. Klaus, der gerade seinen Apfel in zwei Hälften schnitt, sagte ohne ihn anzuschauen. „Na da bist du doch die richtige Person dafür. Wolltest du nicht eh noch mal mit ihr telefonieren heute?" Natürlich würde er sie anrufen. Auch wenn ihm nicht ganz klar war, wie man so etwas am Telefon sagte. `Hallo Stefanie, die Polizei ist im Haus, weil Schneider was zugestoßen ist?´ oder `Stefanie, der Schneider ist tot, ich wollte dir das nur sagen, damit du dich nicht wunderst, wenn die Polizei bei dir anruft?´ „Werden Sie alle verhören?", fragte Sonja, eine seiner Mitdoktorandinnen. „Gespräche, es handelt sich nur um Gespräche.", erwiderte Katja. Robert verdrehte die Augen und Klaus sagte trocken „Also ich nenne ein Gespräch mit zwei Polizisten, von denen einer ein Protokoll führt, ein Verhör" „Nenn' es wie du willst!", bläffte Sonja. „Ich hab' jedenfalls keine Ahnung, was ich denen erzählen soll. Noch dazu, wo es nicht gerade pietätvoll ist, schlechtes über gerade Verstorbene zu erzählen. Habt ihr ne Ahnung, warum die nach nem Unfall mit uns sprechen wollen?" „Wahrscheinlich, weil es kein Unfall war.", sagte Benjamin und rührte sein Müsli um. „Was schaut ihr mich so an?", fuhr er fort, als ihn alle anstarrten. „Seit wann befragen Polizisten Leute, wenn jemand von Rad gefallen ist?" „Du redest jetzt aber nicht von Mord, oder?" warf Katja ein. „Nenn es, wie du willst. Ein Unfall scheint es jedenfalls nicht gewesen zu sein.", kam Robert Benjamin zu Hilfe. Doch auch ihm wurde erst langsam bewusst, was das hieß. Er hatte nicht geglaubt, dass er jemals mit so etwas wie Mord zu tun haben würde. Er liebte Krimis, verpasste keinen „Tatort". Aber die Vorstellung, jetzt selbst Teil einer solchen Geschichte zu sein, löste in ihm widersprüchliche Gefühle aus.

„Was wollen Sie über Herrn Schneider wissen? Er war ein Schwein, eins von der ganz üblen Sorte". Der Mann der ihnen gegenüber saß, hatte ein rundes Gesicht. Sein Körperbau war bullig, seine Haltung lässig. Mit dem braungebrannten Outfit sah eher aus, wie der typische Mallorca-Urlauber. Allerdings einer von der gutmütigen Sorte. „Sie konnten ihn nicht gut leiden, scheint mir", versuchte Silke, das eben Gesagte etwas zu entschärfen. „Wüsste nicht, dass es im Haus viele gegeben hat, die das konnten", erwiderte der Mann trocken. Mario mischte sich ein. „Könnten Sie uns sagen, warum Herr Schneider so unbeliebt war. Und gab es irgendjemanden, der ihn besonders schlecht leiden konnte? Gab es Streit?" „Nun machen Sie mal halb lang:" Sein bulliges Gegenüber verlor etwas an Gutmütigkeit. „Kein Mensch in diesem Laden hätte einen Grund gehabt, Herrn Schneider zu ermorden, wenn es das ist, was Sie meinen. Ich arbeite hier mit so einigen Arschlöchern zusammen, und hatte noch nie ernsthaft das Bedürfnis einen davon abzumurksen." Silke beobachtete ihn. Trotz seiner unverblümten Worte, strich sie ihn gedanklich von der Liste der Verdächtigen. „Sie könnten uns aber trotzdem die Frage beantworten, womit dieser Herr seine hohe Beliebtheit erlangt hat.", bohrte sie weiter. Er erwiderte ohne lange zu überlegen. „Kennen Sie diesen Typ Mensch, der es liebt, andere runterzuputzen, der es genießt, Macht über Andere zu haben? Herr Schneider war vorher Ausbilder bei der Bundeswehr. Und wäre es nach ihm gegangen, dann hätte er die Ausbildung für einige hier gleich fortgesetzt. Ich glaube, es machte ihm Spaß andere zu schinden. Und am wenigsten konnte er die Biologen leiden. Langhaarige Männer sind ihm ein Graus, und wenn Sie sich die Abteilung mal anschauen, werden Sie schnell merken, was ich meine. Er nannte sie Blumenkinder und glauben Sie mir, er meinte das in keinster Weise nett, Ich wiederhole es gern noch mal für Ihr Protokoll: Er war ein Schwein und er demütigte Menschen, wo er nur konnte."

„Na das waren doch nun mal endlich klare Worte." Silke und Mario warteten auf die nächste Person, die sie vernehmen sollten. Mario schaute auf seine Aufzeichnungen. Langsam beginnen mich die Biologen hier wirklich zu interessieren." „Die Biologen? Oder die Biologin?" Marco ignorierte Silkes Seitenhieb. „Von allen Leuten hier im Haus scheinen Sie doch am meisten unter ihm gelitten zu haben. Mit zehn Leuten haben wir jetzt schon gesprochen. Hat einer nicht erwähnt, dass es zwischen der Abteilung Biologie und unserem Herrn Schneider besondere Spannungen gab?" „Herr Dogan war voll des Lobes." „Zu voll des Lobes für meinen Geschmack". Mario blieb an einem Satz seiner Notizen hängen. „Was haben wir bisher? Herr Schneider war alles andere als beliebt, auch wenn einige der Vernommenen das bei weitem dezenter auszudrücken vermochten, als unser Spezi eben. Er schikanierte Leute, nutzte seine kleine Machtposition als Materialwirtschaftler aus, wo er es nur konnte. Er war ein zuverlässiger, ordentlicher Mitarbeiter, der nie fehlte, nie zu spät kam und, das wissen wir von der Spurensicherung, war nahezu zwanghaft sauber." „Alles in allem ein Mensch, den du geliebt hättest.", erwiderte Silke. „Ob ich ihn geliebt hätte oder nicht, interessiert momentan keinen. Er liegt tot in unserer Gerichtsmedizin, und damit ist es meine Aufgabe, Sympathieträger hin oder her, seinen Tod aufzuklären. Ich bin mir nur nicht sicher, ob wir hier in seinem Arbeitsumfeld wirklich fündig werden. Ich kann mir ehrlich gesagt auch schwer vorstellen, jemanden umzubringen, nur weil er mich am Arbeitsplatz nervt." „Da vergisst du Mobbing. Es gab tatsächlich schon Fälle, da wurden Menschen von Arbeitskollegen in den Tod getrieben. Und wenn ich die Entscheidung hätte, von der Brücke zu springen, oder das Problem vom Fahrrad zu holen, würde ich mich auch nicht für die Brücke entscheiden." Mario schaute sie skeptisch an. „Du würdest so oder so nicht von der Brücke springen. Dein Beispiel hinkt. Mobbing ist zwar in aller Munde, aber das, was du da gerade schilderst, ist schließlich auch der Extremfall. Lass uns den nächsten Zeugen reinrufen."

Was sagt man den Bullen, wenn man ihnen eigentlich gar nichts sagen will? Was sagt man, wenn jemand, der ermordet wurde, ein Schwein war? Soll man ehrlich sein oder lieber lügen? Ist es so einfach, zu lügen, wenn man vor zwei geschulten Polizisten sitzt? Was wissen sie schon und was ahnen sie nur? Es hatte nicht den Falschen getroffen, so viel stand fest. Dieser Mann hätte immer so weiter gemacht. Selbst wenn er irgendwann nicht mehr hier gearbeitet hätte, er hätte sich andere Opfer gesucht. Solche Menschen bleiben so, wie sie sind, sie ändern sich nicht mehr. Nicht mehr im Alter, nicht bei der Vergangenheit.

Robert betrat den Raum, in dem die beiden Polizisten saßen. Besser gesagt, eine Polizistin und ein Polizist. Der Polizist erinnerte ihn irgendwie an Joe Cocker. Nicht dass er schon oft Joe Cocker gesehen hätte, er hätte ihn auf der Leinwand wahrscheinlich nicht einmal wiedererkannt. Aber unwillkürlich musste er irgendwie an den gealterten Sänger denken und er konnte nicht umhin, diesen Bullen sympathisch zu finden.

Es war warm in dem Raum und es stank nach Aftershave. Statt sich vorzustellen fragte er erst einmal, ob er das Fenster öffnen könne. Sie nickten nur, und nachdem er es geöffnet hatte, fragte er, wo er sich hinsetzten solle. „Nehmen Sie doch einfach hier, uns gegenüber, Platz", sagte die Bullette in einem freundlichen Ton. Sie war nicht gerade schlecht aussehend. Eher so der rothaarige Typ. Schlank, mit Sommersprossen. Irgendwie empfand er es als beruhigend, dass er solche Gedanken in den Kopf bekam. „Was können Sie uns über Herrn Schneider erzählen. Nach unseren Informationen hatten Sie Streit, die Tage." Robert schluckte. Das war nicht gerade der Einstig, den er sich gewünscht hatte. „Hatten wir. Hatten wir aber öfter und zuvor hab ich ihn auch nicht umgebracht." Der letzte Satz war ihm so rausgerutscht. „Sie sind hier zunächst mal als Zeuge und nicht als Angeklagter." Die rothaarige Bulette hatte gesprochen. „Sorry", entschuldigte er sich, „aber ich bin noch nie wegen eines Mordes vernommen worden. Das macht mich alles etwas nervös." Er lächelte sie an. Irrte er sich, oder errötete sie leicht. „Worum ging es denn bei Ihrem Streit?" Der Joe-Cocker-Verschnitt hatte das Wort. „Herr Schneider weigerte sich, mir eine Sicherung zu besorgen, die ich dringend brauchte. Ich fand, das sei seine Aufgabe. Er war darüber anderer Meinung. Das eine Wort ergab das andere. Was soll ich sagen, Sie kennen solche Streitigkeiten um Aufgaben doch sicher auch." Wieder lächelte er der Rothaarigen zu. Sie wurde leicht rot! Er war sich fast sicher. „Sicher, aber uns ist zu Ohren gekommen, dass das Verhältnis von Herrn Schneider zu Ihrer Abteilung allgemein nicht so gut gewesen sein soll." Dieses Haus war doch wirklich aus Papier gebaut, und die Kollegen aus der Analytik waren allesamt alte Tratschweiber. Gleichwohl musste er dem Bullen wohl irgendetwas antworten. „Dann wissen Sie sicher auch, dass Herr Schneider eher so der konservative Typ war. Und dass eine Abteilung mit langhaarigen Männern und Ökofrauen nicht so sein Ding war. Er stand eher so auf die kleinen süßen Weibchen. Oh, Entschuldigung", er lächelte noch einmal gespielt verlegen zu der Bulette. „Ich meinte natürlich ‚Frauen'. Obwohl Frauen allgemein nicht so sein Ding zu sein schienen." Der Bulle runzelte die Stirn. „Nein er war nicht schwul, das bestimmt nicht." Er machte ein Gesicht dass die Absurdität dieser Annahme nur noch unterstrich. „Nein, ich meine nur, ich glaube nicht, dass er eine Frau zu Hause hatte. Und ich kann mir, ehrlich gesagt, auch nicht vorstellen, dass es Eine bei ihm ausgehalten hätte." „Wie kam er mit Frau Dr. Schäfer klar?" Oh, die Bulette meldete sich zu Wort. „Wissen Sie," nun richtete er das Wort direkt an sie, „Frau Schäfer und Herr Schneider hatten eigentlich gar nichts miteinander zu tun. Ich kann mich nicht wirklich erinnern Beide schon mal miteinander reden gesehen zu haben."

„Ist das nicht seltsam?" Er zog seine rechte Augenbraue hoch. Die wollte es aber genau wissen. „Eigentlich nicht!", antwortete er cool, „Frau Schäfer verbringt die meiste Zeit am Schreibtisch und da hat man mit der Materialwirtschaft nicht wirklich viel zu tun. Im Labor lässt sie sich schon lange nicht mehr blicken." Los Joe, lass die nächste Frage raus. Er fühlte sich immer sicherer. Und der Bulle ließ auch nicht lange auf sich warten. „Und was sagte Sie zu den Reiberein mit Ihrer Abteilung?" Gut Cowboy, das hätte ich jetzt auch gefragt. „Steff, das heißt Frau Dr. Schäfer, zieht es vor, eher keine Wallung zu machen, wenn Sie wissen, was ich meine. Sie hat das ganz cool genommen. Sagte immer, wir sollten ihm am besten keine Angriffsfläche bieten und so. Leiden konnte sie ihn wohl auch nicht besonders, oder mache ich sie verdächtig, wenn ich hier so was sage". Die beiden Bullen sahen sich an. War wohl nicht so angebracht, Gegenfragen zu stellen. Eigentlich ein sympathisches Gespann, die Beiden, außer dass sie eben Bullen waren.

„Was für ein arroganter, kleiner Fatzke." Silke nutzte die Gelegenheit einer kleinen Pause an der frischen Luft, um ihre Verachtung für dieses Bürschchen Kund zu tun. Außerdem hatte sie dringend eine Zigarette gebraucht. Mario grinste über beide Ohren. „Ich fand ihn gar nicht so arrogant. Und er schien gefallen an dir gefunden zu haben." „Pissnelke!", kam zur Antwort.

Sie zog an ihrer Zigarette. Sie standen vor der Firma, an dem Platz, den ihr die Frau im Foyer zugeteilt hatte. „Wer kommt als nächster?" Mario schaute auf die Liste in seiner Hand. „Einer der beiden Laboranten aus der Abteilung Biologie. Benjamin Schulze ist sein Name. Ich schlage vor, wir machen noch die Beiden, dann schwirren wir hier ab. Wir haben heut' Abend noch ne Lagebesprechung und vielleicht sollten wir vorher noch mal die Aussagen durchgehen. Wenn du mich fragst, haben wir nicht wirklich eine heiße Spur." Silke hatte ihre Zigarette zu Ende geraucht und wollte wieder ins warme.

Vor dem Besprechungszimmer wartete schon ein junger, etwas pummeliger Mann mit gepflegtem Äußeren. „Sie sind Herr Schulze?" Silke streckte ihm die Hand hin. Mario stellte sich und Silke vor und schüttelte ihm die Hand, dann betraten sie gemeinsam das Zimmer. Benjamin Schulze saß vor ihnen und sagte nichts. Mario ergriff das Wort. „Herr Schulze, können Sie uns etwas über Herrn Schneider erzählen?" Er schien kurz zu überlegen. Dann sagte er mit ruhiger Stimme: „Wenn Sie so fragen, eigentlich, nein." Mario nahm einen zweiten Anlauf. „Wie war Ihr Verhältnis zu Herrn Schneider?" „Wir hatten kein Verhältnis. Er war Materialwirtschafler, ich ging zu ihm, um Dinge zu bestellen, nicht um ihm mein Herz auszuschütten." Nun mischte sich Silke ein. Dieser Mann hatte eine innere Ruhe, die sie nur bewundern konnte. Wäre seine Erscheinung und seine Mimik nicht durchweg sympathisch und aufmerksam, hätte sie gedacht, er langweile sich. „Wir haben von Ihren Kollegen erfahren, dass

Herr Schneider nicht gerade beliebt war im Haus. Speziell Ihre Abteilung soll er auf dem Kieker gehabt haben." Herr Schulze blickte ihr direkt in die Augen. „Ich halte nichts von Klatsch und Tratsch." Mario antwortete ihm freundlich. „Das Problem ist, Herr Schulze, wir Polizisten sind auf diesen Klatsch und Tratsch, wie Sie es nennen, angewiesen. Es wäre nett, wenn Sie uns zumindest sagen könnten, ob Sie sich vorstellen könnten, dass irgendjemand Ihrer Kollegen Herrn Schneider so gehasst haben könnte, dass er seinen Tod wünschte." Benjamin Schulze schaute Mario verständnislos an. „Nein, keiner meiner Kolleginnen oder Kollegen wäre zu so etwas fähig."

4

Sie saßen bei einer Lagebesprechung zusammen. „Was haben wir?", leitete Mario die Besprechung ein. Silke fasste kurz zusammen, was sie den Tag über bei der Vernehmung der Kollegen ihres Opfers gehört hatten. „Alles in allem nichts wirklich Brauchbares", kommentierte Mario. „Wir werden jedoch morgen dort weiter machen. Was hat die Befragung der Nachbarn ergeben?" Eine junge Kollegin antwortete ihm. Er hatte sie bisher noch nicht gesehen, und ihre Sprache verriet ihm trotz einwandfreier deutscher Grammatik, dass das Deutsche nicht ihre einzige Muttersprache war. Unwillkürlich lächelte er ihr freundlich aufmunternd zu. Er konnte sich vorstellen, dass es alles andere als einfach war, als Frau mit Migrationshintergrund bei der Polizei zu arbeiten. „Wir haben alle Nachbarn befragt. Zum großen Teil bestätigen sie, was wir sonst schon wussten. Herr Schneider war ein ordentlicher, tüchtiger Mann, Junggeselle mit einem steten Lebenswandel. Er verließ morgens sein Haus, und fuhr mit dem Auto weg, kam abends mit dem Auto zurück, um sich kurze Zeit später auf sein Rad zu schwingen und, Sommer wie Winter, noch mal für etwa zwei Stunden zu trainieren. Die Wochenenden verbrachte er im Haus oder in seinem Garten. Selten Besuch und selten Abweichungen von seinen üblichen Gewohnheiten. Keiner kann verstehen, wie man diesem Mann etwas antun konnte, auch wenn ich nicht bei allen Nachbarn den Eindruck hatte, dass sie ihn durchweg sympathisch fanden."

Mario kratzte sich am Kinn. Er musste sich dringend mal wieder rasieren. Nicht alle fanden seinen Drei-Tage-Bart erotisch, zumindest bei seinem direkten Vorgesetzten war er sich da ziemlich sicher. „Also keine sichtbaren Leichen im Keller!", sagte er nachdenklich. Doch seine junge Kollegin schien mit ihrem Bericht noch nicht ganz fertig zu sein. „Nun, eine Nachbarin erzählte von einem ziemlich üblen Streit, den er mit einer Frau direkt vor seiner Haustür hatte. Sie meinte, es sei nur ein paar Tage her. Sie hat beobachtet, wie die Frau bei ihm klingelte. Er habe seine Tür geöffnet, habe sie aber nicht hereingebeten, sondern vielmehr versucht sie möglichst schnell los zu werden. Er schien erregt zu sein und redete auf die Frau ein. Die fing irgendwann an, ihn anzubrüllen. Darauf schlug er ihr und ihrem Kind die Tür vor der Nase zu." Silke horchte auf. „Ihrem Kind?" „Ach, hatte ich vergessen das zu erwähnen? Die Nachbarin meinte, die Frau habe ein schwerbehindertes Kind im Rollstuhl dabei gehabt. Als sie Herrn Schneider am nächsten Tag auf die Frau ansprach, hatte dieser behauptet, die Frau sei eine Bettlerin gewesen, die Almosen für ihr Kind hätte haben wollen. Ihr war das aber gleich komisch vorgekommen, da die Frau nur an seiner Türe geklingelt hatte." „Also doch ne Leiche im Keller bei Saubermanns zu Hause!", sagte Mario triumphierend. Doch Silke beschwichtigte: „Nun mach mal langsam…noch wissen wir gar nichts. Konnte die Nachbarin die Frau mit dem Kind beschreiben?" Die junge Kollegin lächelte verlegen. „Ich habe mir erlaubt, bei den verschiedenen Behindertenschulen der Stadt nach zu fragen, ob sie jemand kennt. Von der Beschreibung des Jungen und seiner Behinderung bleiben eigentlich nicht viele Mütter übrig. Ich habe hier eine Liste zusammengestellt." Silke nahm die Liste entgegen und warf einen Blick darauf. „Na, das müsste doch machbar sein. Ich möchte, dass Sie allen diesen Personen einen Besuch abstatten. Fragen Sie sie nach Herrn Schneider und nach ihrem Aufenthalt am Tag seines Todes." Mario setzte hinterher „Wenn Sie die Frau gefunden haben, laden Sie sie bitte ins Präsidium vor und geben Sie uns Bescheid. Das eigentliche Verhör würde gern ich übernehmen". Seine Leute sahen so müde aus, wie er sich fühlte. „Die Besprechung ist beendet, morgen in alter Frische"

Die Befragungen des nächsten Tages brachten keine neuen Erkenntnisse, auch wenn sich die Beschreibung ihres Opfers teilweise etwas mehr in die positive Richtung verschob. Silke konnte sich nicht verkneifen auf den Zusammenhang zwischen Geschlecht und Aussehen und einer gewissen Sympathie gegenüber dem Herrn aus der Materialwirtschaft hinzuweisen. „Du meinst, er konnte auch nett sein, wenn er wollte?", fragte Mario mit zweifelndem Blick. „Ich meine," kommentierte Silke, „er war ein Mann." Und nachdem sie von Mario einen Blick erntete, der so viel sagte wie: Ho, ho! Alle Männer sind Schweine, setzte sie hinterher: „Jetzt sag' nicht, dass dich diese gut aussehenden Jungen Dinger kalt lassen, mit Bauchfrei und Arschtatoo." Mario seufzte nur gespielt verträumt und als er Silkes Gesicht sah, fügte er lächelnd hinzu. „Nicht jeder kann Äußerlichkeiten so außen vor lassen wie du. Und warum hast du noch mal deinen Mann geheiratet? Wegen der inneren Werte?" Mario schien sich noch gut erinnern zu können, als Silke ihren Mann kennen lernte. „Und er sieht so gut aus…..", äffte er sie nach. Silke errötete. „Tolle Menschen müssen nicht hässlich sein." Sie hatte dringend das Gefühl hier etwas richtig stellen zu müssen. Das klang ja, als glaubte Mario, sie hätte ihren Mann nur wegen seines guten Aussehens geheiratet. „Andreas sieht nicht nur gut aus, er ist auch intelligent und liebevoll." „Und etwas langweilig, zumindest wirkt er so auf mich. Aber ich kenne ja auch nicht alle seine Qualitäten." Jetzt wurde Silke wirklich rot. „Mario, manche Dinge gehen dich wirklich einen Scheißdreck an."

Mario winkte lächelnd ab. Mit sachlicher Stimme widmete er sich wieder dem Fall. „Du meinst also, Herr Schneider hatte durchaus eine normale Schwäche fürs andere Geschlecht. Nun, er scheint ja jetzt auch nicht per se unattraktiv gewesen zu sein." „Wenn man auf Schnurrbärte und Militärschnitt steht!", ergänzte Silke. Mario ging auf diese Bemerkung nicht ein. „Tatsache ist, dass wir nicht wirklich weiter sind." Er blätterte in seinen Unterlagen. Gedankenverloren murmelte er: „Ich hätte ja gern mit dieser Frau Dr. Schäfer gesprochen." Silke konnte sich nicht verkneifen, eine Augenbraue hochzuziehen. „Das kann ich mir vorstellen! Soweit ich aber gehört habe, arbeitet sie bis auf weiteres wegen eines Unfalls ihrer Tochter zu Hause."

Mario überlegte. „Ich denke, wir sollten heute nach den Befragungen mal bei Frau Schäfer vorbeischauen." Silke schüttelte energisch mit dem Kopf. „Das kannst du dir knicken. Ich bin nachher mit meinem Mann verabredet und ich werde einen Teufel tun und diese Verabredung absagen." Mario grinste. „Dann geh' ich halt alleine zu Ihr!" Silke runzelte die Stirn. „Wie war das in der Polizeischule? Befragungen sollten nie alleine durchgeführt werden?" Mario machte eine abwinkende Handbewegung. „Es handelt sich um keine Befragung, es ist lediglich ein Gespräch!"

Es klingelte an der Tür. Eigentlich konnte das niemand Wichtiges sein und so beschloss sie, nicht an die Tür zu gehen. Sebastian lag auf seiner Liegefläche und verwandelte die Zeitung, die er sich ergattert hatte, in etwas, das wie Pappmaschee aussah. Sie fragte sich immer wieder, wie er, der normalerweise größte Schwierigkeiten hatte, seine Nuckelflasche zu greifen, eine Zeitung, die deutlich außer seiner Reichweite lag, in seine Finger bekam. Nicht nur in solchen Augenblicken hatte sie das Gefühl, ihn manchmal etwas zu unterschätzen. Es klingelte ein zweites Mal, diesmal aggressiver. Sebastian hob kurz seinen Kopf, beschäftigte sich aber sogleich wieder mit seiner Zeitung. Nachdem sie überprüft hatte, dass er sich auch im Falle eines Krampfanfalls nicht würde verletzen können, ging sie zur Tür und öffnete. Vor ihr stand eine junge Polizistin, begleitet von einem älteren Kollegen.

„Guten Tag", sagte die Polizistin und hielt ihr einen Ausweis hin. Ohne auf den Ausweis zu schauen antwortete sie: „Guten Tag!". „Sind Sie Frau Vagas? Marie Vagas?" Sie nickte, „Ja, ich bin Frau Vagas. Wie kann ich Ihnen helfen?". Obwohl die Polizistin freundlich lächelte, hatte sie das unangenehme Gefühl, dass ihr Auftauchen Ärger bedeutete. „Sie haben einen behinderten Sohn?" Marie Vagas runzelte die Stirn. „Wenn Sie hier sind, weil mein Sohn irgendetwas angestellt haben soll, mein Sohn ist weder körperlich noch geistig dazu in der Lage, etwas anzustellen." Der Satz verfehlte seine Wirkung nicht. Die Polizistin hatte sichtlich zu tun, weiterhin professionell zu bleiben. „Kennen Sie einen Herrn Schneider?", fragte sie mit fester Stimme.

Ihr wurde heiß und kalt. Das konnte doch nicht wahr sein. Ohne groß nachzudenken schoss es aus ihr heraus: „Dieser ...!", sie verbiss sich den Ausdruck, den sie auf der Zunge hatte. „Was hat er Ihnen erzählt? Glauben Sie diesem ... Mann kein Wort!" Die Polizistin schaute ihren Kollegen an, der nickte nur kurz. „Sie kennen Herrn Schneider also. Dann würde ich Sie bitten, heute Nachmittag zu uns aufs Revier zu kommen. Wir hätten ein paar Fragen an Sie."

Tausend Sachen gingen ihr mit einem Schlag durch den Kopf. Sie überlegte kurz. Mit ruhigem, aber umso schärferm Ton entgegnete sie: „Und Sie passen so lange auf meinen Jungen auf?" Als keine Antwort kam, fuhr sie mit schriller Stimme fort. „Seh' ich so aus, als könnte ich nachmittags einfach irgendwo hingehen? Wenn Sie ein schwer behindertes Kind haben, gehen Sie nicht einfach so irgendwo hin." Sie war jetzt wütend. Was stellten sich diese verdammten Schwachköpfe vor? Dass sie hier einfach so hereinschneien konnten, und sie würde springen? Da hatten sie sich aber in ihr getäuscht. Einen Teufel würde sie tun.

Die Polizistin antwortete, bevor sie sich richtig rein-steigern konnte. „Ist morgens für Sie besser?" Luft, Se-gel, puff! Sie merkte, dass dies vielleicht die falsche Person war, um ihren gesammelten Frust los zu wer-den. Sie wurde wieder ruhiger. „Morgens ist er in der Schule", antwortete sie und setzte kurz später hinterher: „Gegen neun könnte ich vorbeikommen." Die Polizistin beantwortete ihren emotionalen Schwenk mit einem zufriedenen Lächeln. „Na, dann würde ich doch einfach morgen gegen neun Uhr sagen." Mit diesen Worten drehte sich die Polizistin zu ihrem Kollegen um, und zusammen verließen sie das Haus.

Robert betrat den Raum, in dem die beiden anderen Doktorandinnen arbeiteten. Beide, Sonja und Katja, waren sehr unterschiedliche Persönlichkeiten. Die eine eher herb, beherrscht und strebsam, die andere emotio-naler und etwas schüchtern. Wie die beiden es mitei-nander aushielten, war ihm ein Rätsel. Er hatte mit bei-den so seine Probleme, was aber sicherlich auch daran lag, dass beide nicht in sein Jagdspektrum passten. Es war schon spät und sie, die unterbezahlten Doktoran-den, waren die einzigen, die um diese Uhrzeit noch im Betrieb waren. Er hatte bisher noch keine Gelegenheit gehabt, mit jemandem über die Befragung zu sprechen. Heute waren neue Proben hereingekommen, und alle waren vollauf damit beschäftigt gewesen, diese zu ver-sorgen. Die wenigen Worte, die man gewechselt hatte, waren, wenn überhaupt, sehr an der Oberfläche geblie-ben. Jetzt, kurz bevor er nach Hause ging, wollte er noch einmal über alles reden. Und vielleicht ging es den beiden Mädels ja ähnlich. „Und, wie war eure Befragung?", fragte er kurzerhand in den Raum. Beide schreckten zusammen. „Ich kann das immer noch nicht glauben", sagte Katja und drehte sich zu ihm um. „Ich meine, man liest ja alle Tage von Morden, aber es ist schon was anderes, wenn das so nah am eigenen Leben geschieht." Sonja starrte auf ihren Bildschirm, immer noch drehte sie ihm den Rücken zu. „So nah an unserem Leben, ist das ja gar nicht", sagte sie. „Was hatten wir schon groß mit Schneider zu tun. Wird ihn irgendeiner von euch vermissen? Die glauben doch nicht im Ernst, dass jemand aus dem Haus…", sie vollendete den Satz nicht, sondern drückte viel mehr auf dem Speicherbutton, drehte ihren Stuhl und lehnte sich zufrieden zurück. Sie schaute Robert an, als wollte sie sagen. Noch was? Katja schien es anders zu gehen. „Also, ich finde das schon ziemlich nah. Schließlich hat man ihn fast jeden Tag gesehen. Es ist immer komisch, wenn jemand nicht mehr da ist. Aber dann gleich tot und auch noch ermordet. Ich finde, das ist schon ganz was anderes und irgendwie auch aufregend." Robert betrachtete beide. Er glaubte zu verstehen, was Katja meinte, fühlte aber fast so etwas wie Scham darüber. Auch er empfand das alles spannend. Es war wie ein angenehmer Grusel. „Interessiert euch nicht, wer's war?", fragte er. „Wie wär's mit dir?", spottete Sonja. Robert zeigte kurz ein gequältes Lächeln. „Klar, wegen der Sicherung! Ich hab schon Leute wegen weniger Ärger um die Ecke gebracht." Er imitierte einen Cowboy, der mit zwei Waffen schießt und anschließend den Rauch aus seinem Colt bläst. Katja schaute schockiert.

„Das ist nicht witzig", sagte sie. „Nein, witzig ist das nicht", antwortete ihr Sonja. „Aber ehrlich gesagt, auch alles andere als aufregend." Sie drehte sich wieder ihrem Bildschirm zu.

Robert schaute auf die Uhr. „Also ich geh' jetzt. Ich hab' keine Lust mehr, hier weiter rumzuhängen. Soll ich jemanden von euch mitnehmen? Ich bin ausnahmsweise mit dem Auto da." Sonja lehnte dankend ab. Katja überlegte kurz. An Sonja gewandt fragte sie: „Also, ich wäre dir dankbar, wenn du mich in die Stadt bringen könntest, aber dann wärst du ja ganz alleine hier, Sonja." „Kein Problem. Da ich nicht glaube, dass hier irgendwo ein Mörder rumspringt, kannst du mich ruhig allein lassen. Außerdem muss ich eh in die andere Richtung."

Christoph war gerade dabei die Spülmaschine einzuräumen, als es an der Tür klingelte. Es wusch sich die Hände, trocknete sie sich an einem herumliegenden Geschirrhandtuch ab und ging zur Tür. Vor der Tür stand ein Mann seines Alters, rötliches, schütteres Haar und mit einer Lederjacke bekleidet. Steff hätte sofort auf Zivilbulle getippt. „Was wünschen Sie?", sagte er. „Ich hätte gern mit Ihrer Frau gesprochen", antwortete ihm der Mann und lächelte freundlich. Christoph verzichtete darauf den Unbekannten über seine Familienverhältnisse aufzuklären und sagte nur schlicht: „Die ist gerade mit ihrer Tochter beim Arzt. Darf ich fragen, warum Sie sie sprechen wollen?" Der Mann zückte einen Ausweis, der mit einem Foto und einem großen Stempel versehen war und antwortete. „Mario Palazzone, Kommissar

Mario Palazzone. Und ich möchte Ihre Frau wegen eines Todesfalls an ihrem Arbeitsplatz befragen. Wissen Sie, wann sie wiederkommt?" Augenblicklich fielen Christoph all die Dinge ein, die Steff ihm, als sie sich kennen gelernt hatten, eingebläut hatte. ‚Wenn die Polizei vor der Tür steht, ich bin nicht da. Lass' sie auf keinen Fall rein, sag nicht mehr als nötig. Am besten lässt du dir die Karte geben, und schickst sie freundlich wieder weg. Auf keinen Fall plaudert man mit einem Polizisten. Polizisten plaudern nicht, sie sammeln Erkenntnisse und so weiter und so fort. Er hatte sie damals belächelt, hatte ihre Vorsicht als übertrieben und etwas lächerlich abgetan. Er hatte nie ernsthaft damit gerechnet, dass wirklich einmal Polizei auftauchen würde.

Steff hatte nichts von einem toten Kollegen erwähnt. Aber das hatte nichts zu heißen. Es war lange her, dass sie ihm abends etwas über ihre Arbeit oder gar über sich selbst erzählt hatte. Und es war lange her, dass sie sich regelmäßig mit „ihren Jungs" getroffen hatte. Heute war sie Abteilungsleiterin und das vom Scheitel bis zur Sohle. Und er war ihr Partner. Zusammen hatten sie eine Wohnung, Amelie und ein Wochenendhaus im Odenwald. Eine richtig kleine, spießige Familie. Und in einer richtig spießigen Familie war der Ehemann eben auch nett zu Bullen. „Sie müsste eigentlich jeden Augenblick wieder zurückkommen. Wenn Sie wollen, können Sie reinkommen und im Wohnzimmer auf sie warten." Der Herr von der Polizei sah ihn etwas verdutzt an, nickte dann aber mit dem Kopf. „Gerne, wenn es Ihnen recht ist? Ich möchte jedoch nicht stören. Ihre Frau kann auch morgen aufs Revier kommen." Christoph winkte nur ab. „Nein, kommen Sie nur rein, sie müsste wirklich gleich kommen."

Damit hatte Mario nicht gerechnet. Eigentlich hätte er erwartet, alles andere als willkommen geheißen zu werden. Abteilungsleiterin hin oder her. Wer einmal durch die linke Schule gegangen war, war, was Polizei anbelangte, im Allgemeinen etwas vorbelastet. Nicht, dass er es nicht teilweise verstehen konnte. Es war schon nicht alles nett gewesen, was er und seine Kollegen vor ein paar Jahren so getrieben hatten. Aber wo gehobelt wird, fallen Späne, und die Jungs und Mädels der „Autonomen Szene" waren auch nicht gerade zimperlich gewesen. Er schaute sich in der Wohnung um. Eigentlich eine ganz normale, schick eingerichtete Wohnung. Er ging an einem gerahmten Bild vorbei. Eine Altglastonne war darauf zu sehen, und unter der Aufschrift: „Braune Sammeltonne" hatte jemand eine Plakat zu einem Demoaufruf gegen rechts geklebt. Das Foto war 50x90 cm groß und passte von den Farben her gut zur Wand und zu dem umstehenden Mobiliar. Der Mann bemerkte seinen Blick und machte eine einladende Geste ins Wohnzimmer. Offensichtlich war ihm das Bild etwas unangenehm. „Hat meine Frau geschenkt bekommen", sagte er entschuldigend. „Das Bild!", fügte er erklärend hinzu. Mario runzelte die Stirn. Hatte ihm seine Frau nie erklärt, dass man mit Polizisten nicht plauderte? Und schon gar nicht über so etwas? Doch der Mann fühlte sich sichtlich unwohl. Anscheinend fiel ihm jetzt doch ein, dass seine Frau einmal etwas zu dem Thema ‚Polizei in der eigenen Wohnung' gesagt hatte. Nachdem er Mario angeboten hatte, sich zu setzen, fragte er ob er einen Kaffee haben wolle und verließ dankbar das Zimmer, um kurze Zeit später mit zwei Tassen Kaffee zurückzukommen. „Was ist dem Kollegen meiner Frau denn zugestoßen? Ein Unfall?" fragte der Mann mutig. „Mord, so wie es aussieht.", antwortete ihm Mario wahrheitsgemäß. Der Mann erblasste sichtlich. „Dürfte ich den Namen erfahren? Nicht, dass ich viele der Kollegen meiner Frau kenne, aber…", er sprach den Satz nicht zu Ende. Als er den Namen hörte, schien er fasst erleichtert zu sein. „Schneider, den Namen hab ich noch nie gehört. Kann kein Kollege gewesen sein, mit dem meine Frau gut befreundet war." Gerade wollte Mario fragen, auf wen denn diese Beschreibung zutraf. Sein Eindruck von den Verhören war, dass Frau Schäfer nicht wirklich viele Kollegen hatte, auf die das Wort „befreundet" zutraf. Doch in diesem Augenblick ging die Tür auf, und ein kleines Mädchen kam zu Tür hereingestürmt und sah etwas verdattert aus, als sie den fremden Mann sah. Direkt hinter ihr betrat Frau Schäfer das Zimmer. Sie schaute von ihrem Mann zu Mario und dann wieder zu ihrem Mann und ihr Blick verriet, dass Ihr Mann später etwas zu hören bekommen würde. Der stand sogleich auf, küsste seine Frau, wofür er sich den nächsten strafenden Blick einheimste, und wollte schon mit dem kleinen Mädchen an der Hand den Raum verlassen, als die Kleine laut sagte: „Ist das ein Bulle, Mama?" Frau Schäfer schaute die Kleine nicht an, sondern richtete vielmehr einen fragenden Blick erst an ihren Mann dann an Mario. Mario musste sich ein Lächeln verkneifen „Oh, geschulter Blick junges Fräulein. Ich bin der Mario und bin Kommissar bei der

Kripo." Frau Schäfer musterte ihn von oben bis unten, runzelte dann die Stirn und sagte. „Und was verschafft uns die Ehre?" Das Kind schaute ihn neugierig an. Ihr Mann sagte: „Der Herr ist hier, weil er dir ein paar Fragen zu…", weiter kam er nicht. Frau Schäfer warf ihm einen tödlichen Blick zu und sagte dann wieder Mario zugewandt: „Christoph, bring bitte meine Tochter in ihr Zimmer. Das hier wird nicht lang dauern. Wir haben die Zeit des Herrn schon genug in Anspruch genommen." Ihr Mann erwiderte nichts. Er lächelte das Mädchen an und sagte: „Komm Süße, lassen wir die Erwachsenen allein. Erzähl mir, wies beim Doktor war." Unwillig und mit einem irritierten Blick auf ihre Mutter ließ sich das Mädchen aus dem Raum führen.

„Sie scheinen Bullen nicht besonders leiden zu können", konnte sich Mario nicht verkneifen zu sagen. Sie zog eine Augenbraue hoch, schien sich dann aber dazu zu entscheiden, besser nicht auf diese Bemerkung zu antworten. „Was wollen Sie", sagte sie stattdessen in einem Tonfall, der seine vorher getroffene Annahme nur noch unterstrich. „Ich bin hier, um Ihnen ein Paar fragen über den Tod des Herrn Schneider zu stellen.", antwortete er ihr. Er sah ein kurzes Erschrecken in ihrem Gesicht. „Sie wussten gar nichts von seinem Tod?" Frau Schäfer hatte sich schon wieder gefangen und schüttelte nun etwas gedankenverloren ihren Kopf. „Mein Doktorand erwähnte irgendwas, dass Herr Schneider nicht zur Arbeit erschienen sei. Da ich aber ziemlich im Stress war, schenkte ich seinen Ausführungen keine besondere Aufmerksamkeit. Und seitdem war ich nicht mehr im Betrieb." Dann schien sie auf einmal wieder aufzuwachen, und ihre Augen funkelten ihn wütend an. „Und wegen eines Unfalls kommen Sie zu mir nach Hause, dringen in meine Wohnung ein und Fragen meinen Lebensgefährten aus?" Mario runzelte die Stirn. Die war früher nicht nur auf Demos mitgelaufen. Er nahm sich vor einmal bei seinen ehemaligen Kollegen nachzufragen. „Liebe Frau Schäfer", fing er an. „Für Sie immer noch Frau Dr. Schäfer", wandte sie ein. Mario musste schmunzeln. Den Spruch hatte sie bestimmt schon immer zu einem Bullen sagen wollen. „Frau Dr. Schäfer", begann er ein zweites Mal, „ich bin weder in Ihre Wohnung eingedrungen, Ihr Lebensgefährte bat mich herein, noch habe ich irgendjemanden ausgehorcht. Da es sich nicht um einen Unfall, sondern Mord handelt, befragen wir alle Ihre Kollegen und ich bin zu Ihnen nach Hause gekommen, weil ich Ihnen einen Gang aufs Revier ersparen wollte." Er sah leichte Verunsicherung in ihrem Gesicht. „Wollen Sie mir drohen?", bläffte sie ihn an, aber ihre Selbstsicherheit war erst einmal verflogen.

„Frau Dr. Schäfer, können wir vielleicht noch einmal von vorn anfangen? Es tut mir leid, dass ich einfach so in Ihre Wohnung gekommen bin. Eigentlich wollte ich Sie nur fragen, ob Sie vielleicht in Ihrem Betrieb irgendetwas mitbekommen haben, was uns helfen könnte, herauszubekommen, warum, und von wem Herr Schneider ermordet wurde. Was halten Sie davon sich zu setzten und mir einfach ein Paar Fragen zu beantworten?" Sie lächelte ihn spöttisch an. „Erhalten Sie bei der Polizei alle die gleiche Schulung, oder waren Sie früher in einer anderen Abteilung?" Nicht schlecht, dachte er, ging jedoch nicht auf die Frage ein. Dumm war sie nicht. Frau Schäfer - oder wie hatte ihr Doktorand sie genannt? – Steff schaute ihn abwartend an. Als er nicht antwortete und auch sonst keine Anstalten machte, etwas zu sagen, setzte sie sich genervt in einen Sessel, lehnte sich entspannt nach hinten und sagte in gelangweilten Ton: „Nun gut, fragen Sie. Bevor Sie ihre Antworten haben, werde ich Sie ja kaum loswerden. Gleich vorweg, nein, ich kannte Herrn Schneider nicht näher, ich weiß nicht, ob er Feinde hatte, und ich habe keine Vorstellung, wer das getan haben könnte." Mario hakte nach. „Die Kollegen aus Ihrem Betrieb erwähnten, dass Herr Schneider nicht immer der der freundlichste Kollege war, und dass er Ihre Abteilung ganz besonders gängelte." Steff seufzte tief, sie sah müde aus. „Na, wenn Sie mit meinen Kollegen schon alles besprochen haben, dann wissen Sie auch, dass meine Abteilung ganz allgemein nicht den besten Stand in diesem Haus hat. Als Biologin unter Chemikern wird man ganz allgemein nicht so ganz ernst genommen. Dass ich die einzige Abteilungsleiterin bin, macht die Sache nicht besser. Meine Abteilung ist bekannt für ihre Toleranz, Eigenständigkeit und Flexibilität. Alles Eigenschaften, die Herrn Schneider meines Erachtens nach völlig abgingen." Mario nickte. „Die Beschreibung ihrer Abteilung passt durchaus zu den Beschreibungen ihrer Kollegen aus den anderen Abteilungen. Lediglich deren Wortwahl war etwas verschieden." Sie lächelte das erste Mal. „Kompliment, das drücken Sie sehr höflich aus. Ich weiß, wie die anderen Abteilungen über uns reden." Nach einer kurzen Pause setzte sie hinzu: „Ich glaube trotzdem nicht, dass ich Ihnen weiterhelfen kann. Wie schon gesagt. Die Leute aus meiner Abteilung hatten zwar alle so ihre Problemchen mit der Materialwirtschaft, aber glauben Sie mir, ich würde an ihrer Stelle in die komplett andere Richtung ermitteln." Mario runzelte die Stirn. „Was wollen Sie damit sagen?" Er glaubte kurz, in ihrem Gesicht so etwas wie Schreck oder Ärger erkennen zu können. „Ich will gar nichts damit sagen.", sie stand auf. „Ich meine nur, versteifen Sie sich nicht auf meine Abteilung. Keiner meiner Leute wäre zu so etwas fähig". Mit diesen Worten machte sie eine eindeutige Bewegung Richtung Ausgangstür.

Dieser Bahnhof war das Grauen. Im Sommer ging es, da empfand sie ihn einfach als öde, und die vorbeifahrenden Güterzüge als laut. Im Winter, vor allem wenn es dunkel war, kamen zu der Einsamkeit, die dieser Ort ausstrahlte, noch die Dunkelheit, die Kälte und der kalte Luftzug hinzu, der die durchfahrenden Güterzüge begleitete. Sonja war Pendlerin. Sie verbrachte jeden Tag fast drei Stunden damit, zu ihrer Arbeitsstelle und wieder zurück zu kommen. Eine halbe Stunde Zug, vierzig Minuten im Bus und zwanzig Minuten auf ihrem Fahrrad. Alles zusammen addiert waren das eineinhalb Stunden Fahrzeit von ihrer Wohnung zum Betrieb. Wenn alles gut ging. Das hieß, wenn kein Zug ausfiel, sich kein öffentliches Verkehrsmittel verspätete und ihr Fahrrad noch in dem Zustand da stand, wie und wo sie es abgestellt hatte. Heute hatte der Zug Verspätung, was bedeutete, dass sie ihren Bus nicht bekommen würde, was wiederum eine Verlängerung ihres Martyriums von bis zu einer Stunde nach sich ziehen konnte.

Sie hatte den ganzen Tag gearbeitet. Sie arbeitete oft länger als alle anderen. Dies hatte unterschiedliche Gründe. Zum einen kam ihr Freund auch erst nach acht nach Hause, und es reizte sie nicht sonderlich, zu Hause auf seine Ankunft zu warten, zumal da dann die Hausarbeit, die sich in ihrer Wohnung stapelte, wieder wie selbstverständlich an ihr hängen bleiben würde, Zum Anderen genoss sie die Ruhe im Betrieb. Niemand, der in ihr Zimmer stolperte und irgendwas wollte. Keine lästigen Anrufe. Es gab keine Zeit, in der man besser arbeiten konnte, als die, wenn alle aus dem Haus waren. Heute Abend war das anders gewesen. Heute empfand sie die Stille als unheimlich und jedes Geräusch als erschreckend. Ohne etwas dagegen tun zu können, musste sie immer wieder daran denken, dass in diesem Haus vielleicht ein Mörder umher schlich. Sie war ein sehr rationaler Mensch, und solcherlei Gedanken ärgerten sie. Es war überhaupt nicht klar, dass irgendjemand aus dem Haus Schneider getötet haben könnte. Es war sogar sehr unwahrscheinlich, beruhigte sie sich. Trotzdem war die innere Anspannung nicht von ihr gewichen, und sie war viel früher als notwendig aus dem Haus gegangen. Und nun stand sie hier am Bahnhof, fror und fühlte sich bei Weitem nicht wohler als im Betrieb. Die Funzeln, die zur Beleuchtung des Bahnsteigs dienen sollten, machten aus jedem Gebüsch einen unheimlichen Schatten, der sich im Wind, wie eine unruhige Gestalt bewegte. Es musste ja niemand aus dem Haus gewesen sein. Vielleicht war es irgendjemand, der nur indirekt mit dem Betrieb zu tun hatte, jemand von Außerhalb, jemand, der in der Dunkelheit wartete. Sie wünschte, sie wäre im Betrieb geblieben. So allein hier auf dem Bahnhof, das war eine schlechte Idee gewesen. Wenn nur dieser verdammte Zug endlich kommen würde. Oder wenigstens eine Durchsage, damit sie sich darauf einstellen konnte, wie lange es noch dauerte. Vor ihrem geistigen Auge sah sie, wie eine dunkle Gestalt sie ins Gebüsch zog, und dieses wie bei ‚Aktenzeichen XY-Ungelöst' nach ihrem kurzen unterdrückten Schrei noch kurz beängstigend wackelte. Ein Knacken hinter ihr ließ sie so zusammenschrecken, dass sie beinahe das Bonbon verschluckt hätte. Wieder glaubte sie eine Gestalt im Gebüsch zu erblicken. Doch in diesem Augenblick kam der Zug.

„Mein Schatz, es ist Zeit für dich ins Bett zu gehen.". Amelie tat so, als hätte sie sie nicht gehört. Mit gespanntem Blick verfolgte sie alles, was im Fernseher gerade geschah. Nicht, dass da viel geschah. Amelies Lieblingsserie war gerade zu Ende, und jetzt zeigten sie, wie das Programm weiter gehen würde. Aber nicht für sie. Sie würde jetzt schnurstracks in Bett wandern. „Amelie!" sagte sie in strengem Ton. Amelies Blick wanderte flehend zu Christoph. Der lachte nur und sagte zu Stefanies Beruhigung. „Nein, Amelie, du brauchst mich gar nicht so anzuschauen. Jetzt geht's ins Bett. Morgen bist du sonst wieder unausgeschlafen." Amelie protestierte. „Ich bin krank, ich muss morgen gar nicht in die Schule. Und schlafen kann ich bestimmt auch nicht. Mein Hals tut so weh." Christoph lächelte verschmitzt. „Komm

Kleines, wir putzen jetzt die Mäusezähnchen, und ich bring dich ins Bett. Wenn das alles ohne großes Gezeter von der Bühne geht, ist noch ne Gute-Nacht-Geschichte drin." Amelie strahlte über beide Backen. Sie liebte es, wenn Christoph ihr vorlas. Ganz, ohne dass man irgendetwas von ihren schlimmen Schmerzen merkte, kletterte sie vom Sofa und verschwand im Badezimmer. Kurze Zeit später hörte man es wieder rumpeln und dann ertönte ihr zartes Stimmchen. „Christooph! Ich bin im Bä-ett." Christoph schlenderte zum Bücherregal, zog ein Buch heraus und ging hinüber ins Kinderzimmer.

Die Nachrichten waren gerade vorbei, als er zufrieden lächelnd das Wohnzimmer betrat und leise die Tür hinter sich schloss. „Kannst du mir sagen, was das mit dem Bullen heute sollte?", begrüßte ihn Stefanie. Sein zufriedenes Lächeln verwandelte sich schlagartig in einen genervten, trotzigen Blick. Er sagte nichts. Stefanie machte einen zweiten Anlauf. „Ich hab dir, glaube ich, ziemlich oft gesagt, wie man sich Bullen gegenüber verhält. Ehrlich gesagt wäre es mir egal, wie du dich bei dir zu Hause verhalten würdest, aber du lebst mit mir zusammen, und ich will nicht, dass eines dieser Schweine in meine Wohnung kommt." Sie machte eine kurze Pause. Als sie seine Grimasse sah, sagte sie mit etwas zu schriller Stimme: „Und das hat nichts mit Paranoia zu tun. Du bist manchmal so naiv. Bullen plaudern nicht, sie horchen aus. Und du bist das beste Opfer, das sie sich vorstellen können." Christoph atmete tief durch. „Dieser Herr von der Polizei war doch wegen deines Kollegen da. Das hatte doch gar nichts mit Politik zu tun! Ich wollte lediglich demonstrieren, dass wir nichts zu verbergen haben." Stefanie wurde jetzt richtig wütend. „Das haben wir aber, du Idiot! Es gibt Leute, die haben an nem Flugblatt mitgeschrieben und sitzen jetzt wegen „Gründung einer terroristischen Vereinigung" im Bau! Du blickst es nicht, oder? Es geht nicht darum, was ich mache, es geht darum, was die mir anhängen können." Christoph schüttelte mit dem Kopf. „Es geht um einen Mord, Steff. Du hast doch nichts mit nem Mord zu tun. Der Typ war weder vom Verfassungsschutz, noch vom Staatsschutz. Das war ein Kripobeamter, der in einem Mordfall ermittelt. Ich hab ja keine Ahnung, was das für ein Kollege war, den se da abgemurkst haben, aber sie können ja wohl kaum glauben, dass du damit was zu tun haben kannst." Stefanie resignierte. „Es war dieser Nazidrecksack!", sagte sie nur kurz. Und als Christoph sie bestürzt ansah, setzte sie noch hinterher: „Und, nein, ich habe nichts damit zu tun. Das sind nicht unsere Methoden. Aber vielleicht kannst du dir vorstellen, dass deine Aktion heute alles andere als komisch war." Jetzt schaute Christoph etwas schuldbewusst drein. Er stand auf, kam zu ihr herüber und küsste sie. „Sorry!", sagte er. „Es tut mir leid. Und keine Angst, woher sollten die wissen, dass du was mit Politik zu tun hast." Dann fiel ihm wieder der Blick des Polizisten ein, als er das Plakat im Flur betrachtet hatte und jetzt hätte er sich in den Arsch beißen können, dass er ihn herein gelassen hatte.

Marie Vagas war auf dem Weg zum Polizeipräsidium. Die Straßenbahn kotzte ihren Inhalt aus. Eine amorphe Masse von Jacken, Taschen und Plastiktüten.

102

Kurze Zeit später saugte dieselbe Bahn neue Jacken, Taschen und Plastiktüten in sich auf und fuhr dann mit Raunen und Quietschen um die nächste Ecke. Die Besitzer der Jacken sahen in den meisten Fällen so schlecht gelaunt aus, wie sie sich selbst fühlte. Dieser Gang zum Präsidium hatte ihr gerade noch gefehlt. Es war kurz vor Weihnachten, im Friseursalon war die Hölle los. Ihre einzige Chance war, dass die Vernehmung nicht den ganzen Vormittag dauerte. Einen vollen Tag unbezahlten Urlaub konnte sie finanziell nicht verkraften und ihren bezahlten Urlaub hatten die schulfreie Zeit und die zahlreichen kleinen Widrigkeiten des Alltags, die so ein kleiner Quatschkopf mit sich brachte, gekostet. Ihr Chef, der im Prinzip ein Goldschatz war, war gestern nicht gerade begeistert gewesen, als sie sagte, sie würde heute später kommen. Über kurz oder lang würde er ihr wieder anbieten, lieber Stundenweise bei ihm zu arbeiten. Doch sie brauchte diese Festanstellung. Nur so hatte sie ein Recht auf Urlaub und Krankheitsgeld. Natürlich war das schwer für ihn. Keine ihrer Kolleginnen fehlte so oft, weil irgendwas mit ihrem Kind war. Aber Sebastian war halt kein normales Kind. Bedingt durch seine Krankheit waren Krankenhausaufenthalte und Fehlzeiten vorprogrammiert. Sie konnte doch auch nichts dran ändern. Ihr „üppiger" Freundeskreis bestand nur aus Leuten, die selbst arbeiten gehen mussten. Die Leute, die ihr geblieben waren, seit der Geburt von Sebastian, konnte sie an einer Hand abzählen. Es war halt nicht so cool, die Abende in ihrem kleinen Wohnzimmer zu verbringen, dazu noch, wenn sie andauernd mitten im Gespräch aufsprang, um nach dem Kind zu sehen. Und einen Babysitter konnte sie sich mit ihrem schmalen Gehalt nicht oft leisten. Einmal ganz abgesehen davon, dass es nicht viele Babysitter gab, die sich zutrauten, auf Sebastian aufzupassen. Es konnte ja immer etwas Unvorhersehbares passieren.

Sie hatte die Straßenbahn verlassen und lief jetzt zum Polizeipräsidium. Der weiße Klotz stand nicht weit vom ehemaligen „autonomen Zentrum" entfernt, an das nun nach dem Abriss und dem Bau eines neuen Hauses nichts mehr erinnerte. Sie war früher ab und zu im AZ gewesen. Das war vor Sebastians Geburt. Hatten nette Partys gemacht. Sie war nie die typische AZ-Besucherin gewesen. Aber sie war grundsätzlich gern auf Partys gegangen und ab und zu eben auch ins AZ. Sie hatte sich da genauso wohl gefühlt, wie in den Schicki-Micki-Läden, die am anderen Ende der Stadt waren. Und obwohl sie mittlerweile auf überhaupt keine Partys mehr ging, tat ihr der Abriss des AZs irgendwie immer noch leid.

Sie betrat das Präsidium und sagte an der Rezeption ihren Namen, und dass die Kollegen gestern gesagt hatten, sie solle vorbeikommen. Der Mann an der Rezeption telefonierte kurz, gab ihr dann den Ausweis zurück und sagte ihr eine Zimmernummer und ein Stockwerk. Dort angekommen kam ihr schon die junge Polizistin entgegen, reichte ihr freundlich die Hand und geleitete sie in ein Zimmer. Hinter einem Schreibtisch saß ein Mann um die vierzig, rötliche Haare und eher weniger davon. Er streckte die Hand aus und stellte sich mit „Palazzone" vor. Die Polizistin verließ den Raum, und an ihrer Stelle kam eine andere Polizistin, nicht so

104

jung, aber auch recht sympathisch. Kommissar Palazzone zückte ein Diktiergerät und fragte, ob sie etwas dagegen hätte, wenn er das Gespräch aufzeichnen würde. Sie sagte, obwohl sie was dagegen hatte, nein. Er drückte eine Taste, sprach das Datum, die Uhrzeit und ihren Namen auf das Band und wendete sich dann freundlich lächelnd wieder ihr zu. „Frau Vagas, wie meine Kollegen mir mitgeteilt haben, haben Sie einen behinderten Sohn und kannten einen Herrn Namens Schneider." Marie Vagas stutzte. „Dürfte ich fragen, warum Sie von Herrn Schneider in der Vergangenheitsform sprechen?", fragte sie. Der Kommissar antwortete ihr: „Herr Schneider ist tot."

Sie war sich im ersten Moment nicht sicher, was sie fühlen sollte, und wie man auf so eine Nachricht normalerweise reagierte. Jubel wäre wohl unangebracht. Sie entschied sich dafür, das zu sagen, was sie dachte. „Ich weiß jetzt nicht genau, was Sie von mir erwarten. Wenn Sie denken, ich breche in Tränen aus, haben Sie hier die falsche Person sitzen. Herr Schneider war ein Schwein und ist keine Träne wert."

Der Kommissar schien über ihre Reaktion nicht überrascht. Er sagte mit ruhigem Ton: „Herr Schneider wurde ermordet, und Sie wurden einige Tage zuvor dabei beobachtet, wie Sie mit ihm einen heftigen Streit hatten. Das ist in einem solchen Fall nicht gerade die beste Voraussetzung. Dürfte ich fragen, wo Sie am Mittwochabend waren und was Sie gemacht haben?" Marie Vagas schaute ihn mit großen Augen an. Mit aufgeregter Stimme sagte sie: „Sie glauben ich hätte dieses Schwein umgebracht? Sicher nicht! Verstehen Sie mich nicht

105

falsch. Es ist mir jetzt auch egal, ob ich mich jetzt noch verdächtiger mache. Der Typ hat es verdient. Und ich sage das nicht nur so dahin. Ich weiß nicht, wie oft...", die Polizistin unterbrach sie. „Frau Vagas! Ja, Sie machen sich noch verdächtiger. Antworten Sie doch einfach meinem Kollegen nur auf seine Frage." Marie Vagas wurde nun wieder etwas ruhiger. „Die Frage ist recht einfach zu beantworten. Ich war zu Hause bei meinem Sohn." „Kann Ihr Sohn das bezeugen?" Marie Vagas hatte nun ein verächtliches Grinsen auf dem Gesicht. „Sie können es ja mal versuchen. Ich glaube aber kaum, dass dieser Versuch von Erfolg gekrönt sein wird. Mein Sohn spricht nicht und er versteht Sie nicht. Wie soll ich es sagen. Mein Sohn ist ein geistiger Tiefflieger. Er hat die Intelligenz eines halbjährigen Babys, gepaart mit der Lebenserfahrung eines zwölfjährigen Jugendlichen. Es tut mir leid, aber ich glaube, er wird mein Alibi nicht bestätigen können." Der Kommissar schien von ihrer Rede nicht wirklich beeindruckt. Sachlich redete er weiter. „Gibt es sonst jemanden, der bestätigen könnte, dass Sie das Haus nicht verlassen haben? Sie könnten Ihren Sohn auch alleine zu Hause gelassen haben."

Jetzt wurde Marie Vagas sauer: „Jetzt hören Sie mir mal gut zu. Mein Sohn ist schwer behindert. Fünf Krampfanfälle an einem Tag sind keine Seltenheit. Nie, und damit meine ich nie, würde ich meinen Sohn auch nur eine Minute unbeaufsichtigt alleine lassen. Alois Schneider war ein Schwein, und ich werde nicht wiederholen, wie er seinen eigenen Sohn bezeichnet hat. Und dies tue ich nicht aus Gründen der Pietät, sondern weil niemand solche Worte in den Mund nehmen sollte."

In etwas ruhigerem Ton fuhr sie fort: „Nein, ich habe niemanden, der bestätigen kann, dass ich das Haus nicht verlassen habe. Aber wenn Sie glauben, dass ich meinen Sohn allein lassen würde, nur um dieses Stück Dreck zu beseitigen, dann schätzen Sie mich falsch ein." Die letzten Worte hatten sie viel Kraft gekostet. Sie hatte Mühe, die Tränen zurück zu halten. Der Kommissar reichte ihr ein Taschentuch, dass sie dankend ablehnte. Seine Stimme war immer noch ruhig. „Habe ich Sie richtig verstanden. Alois Schneider war der Vater Ihres Kindes. Sie hatten also früher eine Beziehung mit ihm." Sie schüttelte fast unmerklich den Kopf, ehe sie mit belegter Stimme antwortete. „Nein wir hatten keine Beziehung. Es war eher so etwas wie eine Affäre. Wir lernten uns in einem dieser Schicki-Micki-Läden kennen und verbrachten eine Nacht miteinander. Das hat sich dann noch ein paar Mal wiederholt. Warum ich schwanger wurde, kann ich Ihnen nicht genau sagen. Eigentlich hatte ich ein höchsteigenes Interesse, dass genau das nicht passierte. Ich hatte damals noch vor, zu studieren." Sie machte eine kurze Pause, als müsse sie ernsthaft überlegen, ob das wirklich wahr war. „Als ich ihm erzählte, dass ich schwanger war, drückte er mir zwei Hunderter in die Hand und sagte, das sei sein Beitrag dazu, es weg machen zu lassen. Ich weiß nicht, warum ich mich entschied, Sebastian zu behalten. Vielleicht war es seine menschenverachtende Art, die mich zögern ließ." Wieder machte sie ein nachdenkliches Gesicht. „Jedenfalls habe ich mich für das Kind entschieden und, auch wenn Sie es vielleicht nicht glauben, ich habe es nie bereut. Sebastian ist nicht besonders helle und manchmal treibt er mich fast in den Wahnsinn, aber um kein Geld der Welt würde ich die Zeit mit ihm missen wollen. Und er hat Gott sei Dank keine Ähnlichkeit mit seinem Vater."

Ihre beiden Gegenüber sahen sich kurz an. Dann sagte die Polizistin: „Frau Vagas, Sie können jetzt gehen. Wir bitten Sie aber, die Stadt nicht zu verlassen und uns zur Verfügung zu stehen, wenn wir noch Fragen an Sie haben sollten." Marie Vagas lächelte wieder zynisch. „Das dürfte für mich kaum ein Problem sein. Ich hatte nicht vor, in nächster Zeit in den Urlaub zu fahren." Mit diesen Worten raffte sie ihren Mantel zusammen und wollte schon den Raum verlassen, als der Kommissar ihr hinterher rief: „Frau Vagas? Haben Sie vielleicht ein Handy, auf dem man Sie notfalls erreichen könnte?" Sie drehte sich um und kritzelte ein paar Zahlen auf ein Stück Papier, das auf dem Schreibtisch lag. „Es ist ein Notfallhandy, ich erschrecke mich immer zu Tode, wenn es klingelt. Rufen Sie also bitte nur in den dringendsten Fällen an". Mit diesen Worten verließ sie den Raum.

„Sie hätte die Möglichkeit und das Motiv", sagte Silke mit gerunzelter Stirn. Mario schüttelte den Kopf. „Ich kann mir nicht vorstellen, dass sie es war. Ich nehme ihr ab, dass sie ihr Kind nicht allein lassen würde." Silke überlegte. „Vielleicht hatte sie nen Babysitter." Mario schaute sie ungläubig an. „Das wäre der erste Mörder, der sich nen Babysitter nehmen würde, um jemanden umzubringen. Da glaub' ich nicht dran. Dann glaub ich schon eher, dass sie ihr Kind allein gelassen hat." „Jedenfalls wird mir unsere Leiche immer sympathischer. Bist du dir sicher, dass du die Person finden willst, die die Welt von dieser Heimsuchung erlöst hat?" „Silke!", antwortete Mario betont streng. „Wir vertreten das Gesetz." „Ja, ja.", erwiderte Silke. „Und vor dem Gesetz sind alle gleich, bla, bla, blub. Ich mein ja nur." Mario unterbrach ihren Gedankengang. „Ich denke, wir sollten noch mal in seine Wohnung." „Was hat eigentlich die Befragung dieser ominösen Frau Schäfer ergeben? Hat sie sich über deinen Besuch gefreut?" Mario zog eine Augenbraue nach oben und schaute sie an, als wolle er ihr sagen: als ob ich dir das erzählen würde. „Sie glaubt nicht, dass es jemand aus dem Betrieb gewesen sein kann. Und ihre Begeisterung hielt sich in Grenzen." Silke konnte sich des Eindrucks nicht erwehren, dass Mario noch mehr hätte erzählen können, nahm sich aber vor, ihn zu einem geeigneterem Zeitpunkt noch einmal drauf anzusprechen. „Gibt's in Bezug auf das Handy ne Spur?", fragte sie stattdessen. „Orten konnten wir es nicht, wenn du das meinst. Und das Fahrrad ist auch noch nicht aufgetaucht."

Das Handy musste weg. Es mitzunehmen war ein Fehler gewesen und hatte letztendlich nichts gebracht. Es war voller Fingerabdrücke und Spuren. Die meisten Beseitigungswege stellen sich komplizierter, und vor allem, nachvollziehbarer dar als man zunächst denkt. Nun ja, nichts geht über ein kleines Feuerchen. „Es ist nahezu unmöglich, keine Spuren zu hinterlassen" hatten sie neulich im Fernsehen gesagt. Im Wald hatte das recht gut funktioniert. Ein viel begangener Waldweg hatte eher zu viele Spuren. Das Fahrrad war einfach da geblieben, wo Schneider es abgestellt hatte. Da die Polizei es nicht gefunden hatte, hatte sich wohl irgendjemand drüber gefreut. Und wenn es erst einmal wieder in den Kreislauf der gestohlenen Fahrräder eingegangen war, würde sich das Problem der Spuren, ähnlich wie im Wald, von alleine lösen. Das Handy einfach in den Neckar zu werfen, barg die Gefahr, von irgendjemandem gesehen zu werden. Das gleiche Problem stellte sich beim Feuer. Eine Lösung würde sich finden. Jetzt am Wochenende würde genug Zeit für die Beseitigung des Handys sein.

Robert hielt sich eigentlich für keinen allzu unintelligenten Menschen. Die ihm gestellte Aufgabe war simpel. Es sollte dieses Dokument formatieren. Doch nun saß er schon über eine halbe Stunde davor, und immer, wenn er eigentlich dachte, ab jetzt würde alles von alleine laufen, änderte sich wie von Geisterhand wieder die Nummerierung seiner Überschriften, und er konnte wieder von vorne beginnen. Er war sich sicher, dass es sich bei dem Fehler nur um ein einziges kleines Häkchen handeln konnte, das in irgendeinem Menü gesetzt war oder auch gerade nicht. Wüsste er es nicht besser, er hätte schwören können, dass Computer ihre User absichtlich verarschten. Könnten Computer lachen, seiner würde wahrscheinlich gerade auf dem Boden liegen.

Katja betrat sein Zimmer. Das war eher ungewöhnlich. Nicht, dass Katja ihn nicht gemocht hätte. Natürlich mochte man sich. Aber Katja schien oft eher mit sich selbst beschäftigt zu sein. Ihre Fragen nach seinem Wohlbefinden, dem Stand seiner Arbeit oder seiner Meinung glichen oft eher einem Ritual, als tatsächlichem Interesse. Ihn störte das nicht. Er antwortete ihr trotzdem, wohl wissend, dass sie ihn auch gleich wieder in Ruhe lassen würde. Doch ihr heutiger Auftritt war anders. Sie schlich zu ihm ins Zimmer, durchsuchte mit ihren Augen das Bücherregal und fing dann plötzlich an zu sprechen. „Sag mal findest du die Vorstellung nicht unheimlich, dass hier im Haus irgendjemand der Mörder sein könnte? Sonja sagt, ich soll mir nicht ins Hemd machen. Sie glaube eh nicht dran, dass es irgendjemand aus dem Haus sei. Ich bin mir da aber nicht so sicher. Ich würde das momentan nicht aushalten, abends alleine hier. Sonja ist da echt cooler. Die war gestern noch den ganzen Abend allein hier gesessen." Robert wusste nicht so recht, was er sagen sollte. Natürlich hatte auch er dieses komische Gefühl. Er schob es aber darauf, dass man so etwas wie einen Mord nicht jeden Tag in seiner Umgebung mitbekam. Direkt Angst hatte er jedoch nicht. Irgendwie war er sich sicher, dass es mit Schneider den richtigen getroffen hatte, und dass weder er, noch einer seiner Kollegen Gefahr liefen, das nächste Opfer zu sein. Er versuchte sie zu beruhigen, ohne so cool zu wirken wie Sonja. „Die Bullen wissen bisher weder warum Schneider umgebracht wurde, noch ob irgendjemand aus dem Haus daran beteiligt gewesen ist. Bis wir mehr wissen, würde ich erst mal keine Panik machen." Katjas Blick schaute ihn zweifelnd an, so dass er sich bemüßigt fühlte, noch mehr dazu zu sagen. „Und keiner zwingt dich, bis spät in die Nacht hier zu bleiben. Ich versteh Sonja da eh nicht. Hat die kein Zuhause? Die is ja dann auch noch eineinhalb Stunden mit Bussen und Bahnen unterwegs. Ich könnt das nicht." „Du ja eh nicht. Dich kann ja auch niemand nerven, wenn du dann mal zu Hause bist. Ich kann das schon verstehen. Hier im Betrieb hat man ab einer bestimmten Uhrzeit wenigstens seine Ruhe. Wenn ich nach Hause komme, kann ich mir von meinem Freund erst mal anhören, warum das Essen noch nicht auf dem Tisch steht, und warum er kein gebügeltes Hemd im Schrank hat. Den interessiert das wenig, ob ich auch gerade an meiner Dissertation schreibe oder ob ich sonst noch was zu tun hab." Robert sah sie erstaunt an. Eine so persönliche Äußerung hatte er von ihr gar nicht erwartet. Er verkniff sich, ihr zu sagen, dass sie sich da auch nen Scheißmacker ausgesucht hatte.

Da ihm diese persönliche Anwandlung irgendwie unangenehm war, beschloss er das Thema zu wechseln, ohne uneinfühlsam zu wirken. „Wart mal ab! Die Polizei wird den Mörder bald haben, und dann kehrt hier auch wieder Ruhe ein." Katja schien von seinen Worten nicht wirklich überzeugt. „Sagst du mir Bescheid, wenn du gehst?", fragte sie. „Dann können wir ja vielleicht gemeinsam in die Stadt fahren." „Klar!", antwortete Robert. Dem armen Ding schien das Ganze echt ordentlich an die Nieren zu gehen.

„Mario!", sein ehemaliger Kollege von den Politischen kam auf ihn zugelaufen. „Kein besonders großer Fisch, die Kleine, nach der du dich erkundigt hast. Hat aber überall mitgemischt. Kennt so ziemlich alle, die Rang und Namen hatten unter den Heidelberger Antifaschisten. Gehörte nicht gerade zur militanten Truppe, kann aber auch einfach nie bei irgendwas Haarigem erwischt worden sein. Seit sie nen Doktortitel vor sich herträgt, ist es ziemlich ruhig um sie geworden. Wird nur noch ab und zu auf Gegenveranstaltungen gegen Aufmärsche von den Rechten gesichtet." Er schaute noch einmal auf seinen Zettel, den er anschließend Mario in die Hand drückte. „Wieso interessiert dich die Braut? Beruflich oder rein privat?" Mario hatte die Frage kommen sehen. Aus irgendeinem Grund wolle er nicht, dass Frau Schäfer tiefer in den Fall rein gezogen wurde, als nötig. Er betrachtete kurz den Ausdruck in seiner Hand. „Privat", sagte er dann und zwinkerte dem Kollegen zu. Der lachte nur. „Mario, Mario, bei deinem Frauengeschmack ist es kein Wunder, dass du lieber das Metier gewechselt hast. Bei euren Klienten kommste da wohl nicht so in die Versuchung. Noch dazu, wo die ja nicht immer im besten körperlichen Zustand sind. Aber solange du kein Bedürfnis zeigst, dich an denen zu vergreifen..." Mario lachte etwas gezwungen. „Hatt' ich nicht vor. Und danke für die Info." „Immer wieder gerne, Kollege. Aber verbrenn dir nicht die Finger an der Dame. Du weißt, es gibt Konstellationen, da liegt kein Segen drauf." Mario hatte nun wirklich keine Lust, sich weiter zu unterhalten. Etwas genervt sagte er: „Ich wird's mir merken. Und Danke noch mal."

Alois-tot? Alois-tot! Sie war sich nicht ganz sicher, wie sie das finden sollte. Ihr wurde immer bewusster, dass ihre unverhohlene Abneigung gegenüber Alois Schneider sie nicht gerade weniger verdächtig gemacht hatte. Tatsache war, dass die Polizei ihr Alibi nicht überprüfen konnte. Aber sie hatte ja nichts getan. Sie hatte ihn vor ein paar Tagen aufgesucht, um ihn mit der Existenz seines Sohnes zu konfrontieren, und das war, wie zu erwarten gewesen war, in die Hose gegangen. Im Nachhinein ärgerte sie sich über ihre Entscheidung. Das hätte sie sich auch sparen können.

War sie froh, dass er tot war? Konnte man überhaupt froh sein, wenn jemand starb? Sie hätte gern gewusst, warum er ermordet worden war. Sie hätte es nicht fertig gebracht, ihn einfach umzubringen, und sie hatte ihn wirklich gehasst. Waren Menschen da verschieden? Hatten andere Menschen eine geringere Hemmschwelle. Was musste Alois dieser Person angetan haben? Oder war alles ein dummer Zufall gewesen? Hatte sich der Mörder irgendjemanden herausgegriffen und nur den Falschen – sie überlegte kurz – besser, den Richtigen erwischt? Sie hatte ganz vergessen, den Kommissar zu fragen, wie genau Alois gestorben war. Aber vielleicht war das auch besser so. Vielleicht machte sie sich durch solche Fragen nur noch verdächtiger. Eigentlich, so beschloss sie, war es ihr egal, ob dieses Schwein noch existierte. Nach ihrem letzten Treffen hatten sie sich einander sowieso nichts mehr zu sagen gehabt.

Mario und Silke betraten das Haus, in dem Schneider gelebt hatte. „Nach was suchen wir?", fragte Silke, während sie die Tür mit dem Schlüssel öffnete. „Keine Ahnung. Uns hilft alles weiter, was uns etwas mehr Aufschluss über das Privatleben dieses Mannes gibt. Es muss ja noch andere Interessen gehabt haben, als Radfahren und seine Arbeit." Silke fing an die Manteltaschen der an der Garderobe hängenden Jacken zu durchsuchen. „Wie kommst gerade du darauf, dass man noch ein Leben außerhalb der Arbeit haben kann?", fragte sie spöttisch. „Wenn du auf mich anspielen solltest..." antwortete ihr Mario, „ich glaube mein Privatleben ist erheblich aufregender, als jeden Abend vorm Fernseher zu versacken." Er setzte sich an den Schreibtisch und begann, die Schubladen nacheinander aufzuziehen. Silke hatte alle Taschen überprüft. Bis auf ein noch unbenutztes Päckchen Taschentücher hatte sie nichts zu Tage gefördert. Sie lachte gereizt. „Klar, auf dich warten jeden Abend Kunst und Kultur. Ich glaub', du verwechselst da was. Saufen-gehen ist kein Hobby, sondern eine ernsthafte Krankheit!"

Mario rollte mit den Augen. Wieder die alte Leier. Nur weil er sie einmal nach einem Streit mit ihrem Macker so gnadenlos unter den Tisch gesoffen hatte, dass sie den Rest der Nacht über seiner Kloschüssel gehangen hatte, behauptete sie jetzt standhaft, dass nur ein Mensch mit einem ernsthaften Alkoholproblem so viel saufen konnte wie er.

Er wollte ihr gerade antworten, als ihm das Bild auf dem Schreibtisch ins Auge viel. Darauf zu sehen war Herr Schneider in Uniform und ein paar junge Männer, ebenfalls in Uniform, die ihn auf einem Gruppenbild umrahmten. Er sah sich die Männer genauer an. Warum hatte er nur wieder seine Lesebrille vergessen? Er beschloss, das Bild mit aufs Revier zu nehmen und einen Kriminaltechniker zu bitten es zu vergrößern. Silke hatte seine fehlende Antwort bemerkt und war zu ihm herüber an den Schreibtisch gekommen. „Was Interessantes gefunden?", fragte sie. „Lass uns das Foto auf dem Revier mal genauer betrachten.", gab er zur Antwort. „Ich werde es mitnehmen. Vielleicht können wir ja über diese Leute auf dem Foto mehr über Schneiders Vergangenheit erfahren. Wie sieht's bei dir aus?" Sie schüttelte den Kopf. „Bisher nichts Spannendes. Ich wird' mich mal in der Küche umsehen." Mario grinste. Ohne sich umzusehen setzte sie hinterher: „Und du verkneifst dir jetzt jeden frauenfeindlichen Spruch, in dem Küchen und Frauen vorkommen." Nachdem sie den Raum verlassen hatte, schaute sich Mario im Arbeitszimmer um. Irgendetwas war hier komisch. Dieses Arbeitszimmer sah aus wie vor 40 Jahren. Ölgemälde zierten die Wand, die Möbel waren im Kolonialstil gehalten. Selbst die Bücher wirkten eher antik. Und...es fehlte ein Computer auf dem Schreibtisch. Konnte man heute noch ohne einen Computer auskommen? Er lief zu dem Bücherregal. Die Bücher waren nach Themen sortiert. „Der zweite Weltkrieg", stand auf einem Buchrücken. Nun schaute Mario genauer hin. Das meiste war Soldatenliteratur. Die Geschichte der Wehrmacht, Briefe aus dem Feld 1939-1945, Chronik des Nationalsozialismus. Mario nahm das Buch aus dem Schrank und schlug die erste Seite auf. Das Buch war nach 1964 geschrieben worden. Als er es wieder ins Regal stellen wollte, sah er, dass die Bücher zweireihig standen. Er nahm einige Bücher der ersten Reihe heraus und schaute sich die Buchtitel an, die nun zu lesen waren. Diese Buchrücken waren teilweise erheblich moderner gestaltet. Mario runzelte die Stirn. Neben Hitlers „Mein Kampf" standen hier Leuchters „Die Ausschwitzlüge" und andere nette Titel, die Mario schon auf einer Liste indizierter Naziliteratur gelesen hatte.

Er zog „Mein Kampf" aus dem Regal und ging damit in die Küche. Silke saß am Küchentisch aus massiver Eiche und blätterte in einem schwarzen Notizbuch, das sie offensichtlich gerade aus der Schublade des Tischs entnommen hatte. „Also der Typ hatte entweder echt nen Putzzwang, oder er hat selten in der Küche gekocht. Das hier ist ein Haushaltsbuch. Hier ist feinsäuberlich aufgelistet, was unser Herr Schneider wann und wofür ausgegeben hat. Irgendwie erinnert mich das an das Haushaltsbuch meiner Großmutter. Schau mal her. Er hat nicht einfach die Summen seines Einkaufs aufgelistet, sondern alles, was er gekauft hat. Hier steht sogar „Jogurt, 0,98 €", „Waschmittel, 4,59 €" und so weiter. Entschuldige, das ist doch krank. Wer macht heute noch so was." Mario reichte ihr das Buch. „Ich glaube das ist nicht das einzige, was hier an die deutsche Großelterngeneration erinnert. So wies aussieht, hatte unser Mann ein Faible für Geschichte." Silke nahm das Buch in die Hand. „Sorry, aber wer das Buch bei sich im Regal stehen hat, hat kein Faible für Geschichte, der hat ´nen tiefsitzenden, psychischen Schaden." Mario schaute sich das Haushaltsbuch noch einmal genauer an. „Vielleicht ist es etwas voreilig, aber ich glaube, unser Herr Schneider hätte gerne 80 Jahre früher gelebt. Hast du sonst was gefunden?" Silke öffnete den Kühlschrank. „Du wirst lachen. Es stand auf Ökofutter. Alles biologisch dynamisch. Irgendwie passt das nicht zusammen." Mario holte eine Butter aus dem Kühlschrank. „Ich find, das passt super. „Deutsche Butter" von „Deutschen Kühen", „Schützt die deutsche Natur" etc. Glaub' nicht, der moderne Nazi hätte kein ökologisches Bewusstsein. Umweltbewusstsein und Vegetariertum waren noch nie ein Privileg der Linken gewesen. Selbst Hitler war Vegetarier. Ich möchte gar nicht wissen wie viel Rechtsradikale in irgendwelchen Ökoparteien rum sitzen." „Schneider also ein Nazi?", fragte Silke mit skeptischen Blick. „Wenn das wirklich so ist, dann können wir uns über Motive und Verdächtige nicht mehr beschweren." ‚Und ich weiß auch schon, wen ich als erstes in Gebet nehme', dachte sich Mario, sagte aber nichts.

Bei Herrn Wetzel klingelte das Telefon. Der Kommissar war am Apparat. Er fragte, ob Herr Schneider sich mit Computern ausgekannt habe. Natürlich habe er sich mit Computern ausgekannt, antwortete er dem Kommissar. Er sei schließlich im Bereich Materialwirtschaft tätig gewesen. Da sei die Recherche am Computer unerlässlich, wenn man sich über Preise oder Angebote habe informieren wollen. Ja, im Haus gäbe es einen Administrator, und natürlich könne der Kommissar die Durchwahl haben. Allerdings sei heute Freitag, und die Herren Administratoren seien schon gegangen. Ja, er wünsche dem Kommissar auch einen schönen Feierabend.

„Sie hätten mir sagen können, dass Sie Herrn Schneider auch noch aus anderen Zusammenhängen kannten." Sie verzog spöttisch das Gesicht, und ihr Blick sagte: ‚Klar, ich erzähle Bullen immer sofort, dass ich früher bei der Antifa war, um widerlichen Nazischweinen die Fresse zu polieren. Noch dazu, wenn so einer tot aufgefunden wird. Hätten Sie das an meiner Stelle getan?'

„Haben Sie sich mal mit Herrn Schneider über Politik gestritten?", fragte Mario und schlürfte an seinem Kaffee. Er hatte Frau Dr. Schäfer in ein Cafe in die Altstadt zitiert und sie mit seinen Erkenntnissen und Vermutungen konfrontiert. Jetzt saß sie ihm mit verschränkten Armen gegenüber und musterte ihn verächtlich. „Dass Herr Schneider rechts ist, wundert mich nicht. Wie weit rechts, hat mich nie interessiert. Selbst wenn es so wäre, hätte ich keinerlei Interesse daran gehabt, Herrn Schneider wissen zu lassen, dass ich es wusste. Es ist kein angenehmes Gefühl, wenn die Rechten erst mal deinen Namen und deine Adresse kennen. Auf der Straße hat so jemand wie ich nichts zu befürchten. Ich passe nicht in ihr Jagdspektrum. Wenn sie aber deine Adresse haben, ist das etwas anderes. Dann sind sogar gestandene Politiker nicht mehr vor denen sicher. Ich kannte mal einen von den Grünen, der hat mit Namen und Adresse einen Aufruf gegen Rechts unterschrieben. Kurze Zeit später sind bei ihm die Scheiben eingeflogen. Lustig war das nicht, kann ich Ihnen sagen."

Mario runzelte die Stirn. „Nach meinen Informationen kennen Sie genug Leute, die durchaus auf Sie aufpassen könnten." Stefanie Schäfer hob eine Augenbraue, als horche sie auf. „Apropos, nach Ihren Informationen: sitzen Ihre Kollegen am Nebentisch, oder nehmen sie unser Gespräch einfach auf? Soweit ich weiß, sollte ein Bulle nie allein in ein Verhör gehen." Sie schaute ihn fragend an. Mario überlegte kurz. „Also erstens ist dies hier kein Verhör, sondern nur ein Gespräch, und zweitens handelt es sich bei diesen Regeln...", er überlegte. „...eher um Richtlinien.", vollendete Stefanie den Satz. Diesmal mussten sie beide schmunzeln. „Wusste nicht, dass ‚Fluch der Karibik' der typische Bullenfilm ist. Schaut man ihn in Ihren Kreisen zu Schulungszwecken? Ihre historischen Vorgänger kommen in diesem Film nicht gerade gut weg." Mario schlürfte wieder an seinem Kaffee. „Wir schauen ihn heimlich", antwortete er ihr mit einem Augenzwinkern.

Frau Schäfer verschränkte sofort wieder ihre Arme und lehnte sich zurück. Ihr Blick sagte ihm, dass sie jetzt wieder zur Sache kommen sollten. Er tat ihr den Gefallen. „Hören Sie, Frau Dr. Schäfer. Ich traue weder Ihnen noch irgendjemand aus Ihrem Freundeskreis einen Mord zu. O.K., ich war früher beim Staatsschutz. Mittlerweile habe ich den Verein verlassen und bin bei der Kripo gelandet." Er unterbrach sich. Stefanie Schäfer schaute ihn abwartend an. Als sie kein Anzeichen der Erwiderung machte, redete er weiter. „Was ich sagen will. Ich traue den Leuten von der Antifa so einiges zu und weiß, dass sie vor Gewalt nicht unbedingt zurück schrecken. Aber jemanden auf diese Art und Weise zu töten, das passt nicht in ihr Schema." Frau Schäfer angelte nach ihrer Kaffeetasse. Der Kaffee musste mittlerweile kalt sein. Sie nahm einen Schluck, sagte aber immer noch nichts. „Wissen Sie, mit welchen Leuten Schneider sich traf? War er aktiv?" Sie schluckte den kalten Kaffee herunter und sagte: „Warum fragen Sie nicht Ihre Freunde von der Stasi? Die sammeln doch eifrig solche Informationen." Mario hatte bei den Kollegen noch nicht nachgefragt. Er war viel zu gespannt gewesen, was diese Frau Schäfer mit diesem Schneider zu tun gehabt hatte. „Die haben nichts über ihn!", log er deshalb. Stefanie schaute ihn nun völlig erstaunt an. „Die haben nichts über ihn? Alois Schneider? Ehrenmitglied in der Kameradschaft Heidelberg, Veranstalter der germanischen Jungendspiele?"

Sie bemerkte ihren Fehler sofort und schien sich sichtlich über sich selbst zu ärgern. „Hören Sie zu, Herr Palazzone. Es ist nicht mein Problem, wenn Ihre Kollegen unfähig sind. Es war nett mit Ihnen zu plauschen, aber ich habe, ehrlich gesagt, noch einiges zu tun. Wenn Sie keine weiteren Fragen haben, wünsche ich Ihnen noch ein schönes Leben und würde mich freuen, Sie nicht wieder zu sehen." Ohne ein Antwort abzuwarten rauschte sie aus dem Lokal.

Silke setzte sich zu ihm. „Du warst nicht schlecht. Damit dürfte ein Rendezvous allerdings in weite Ferne gerückt sein." Mario schien etwas nachdenklich. Sie fragte sich, ob es ihm manchmal etwas ausmachte, Leute so auf's Glatteis zu führen? „Hast du das ernst gemeint, dass du den Leuten von der Antifa nicht zutraust, einen Mord zu begehen?" Mario bestellte sich einen Grappa. Nachdem ihm ein gestieltes Glas gebracht worden war, schwenkte es kurz, roch daran und nahm dann einen tiefen Schluck. „Ich bin manchmal ein Schwein, aber kein Lügner!", antwortete er. „ ‚Die haben nichts über ihn' ", äffte Silke ihn nach. Mario schaute mit strafendem Blick zu ihr herüber. „Ich hab dir nicht erlaubt, mitzukommen, damit du mich dann blöd von der Seite anmachst. Außerdem war das lediglich eine Vermutung." Er trank seinen Grappa aus. Mit einem missbilligenden Blick sagte Silke: „Na, dann solltest du vielleicht mal deine Vermutung verifizieren und bei den Kollegen nachfragen. Immerhin wissen wir jetzt schon mal, dass es höchst unwahrscheinlich ist, dass ihnen unser Herr Schneider ein gänzlich Unbekannter ist."

Stefanie lief wütend durch die Stadt. Es schneite leicht. Um sie herum erledigten normale Menschen ihren Einkaufsbummel. Sie hatte Christoph gesagt, dass sie etwas später nach Hause kommen würde. Sie musste mit den Jungs reden. Sie hatten ein Recht darauf zu erfahren, was passiert war. Außerdem brauchte sie jemanden zum Reden, und Christoph war zwar ein toller Partner, aber bei gewissen Dingen bekamen sie sich, über kurz oder lang, immer in die Haare. Sie war zwar schon länger nicht mehr auf ihren Samstagstreffen gewesen, ging aber davon aus, dass Raum und Zeit sich nicht verändert hatten. Sie nahm die Straßenbahn und fuhr in Richtung Dossenheim.

Wie hatte sie nur auf diesen billigen Trick reinfallen können? Andererseits, beruhigte sie sich, hatte sie dem Bullen nichts erzählt, was ein halbwegs informierte Mensch nicht durch etwas Recherche auch so rausbekommen konnte. Trotzdem ärgerte sie sich. Er war ein Bulle, was hatte sie erwartet? Da predigte sie Christoph lang und breit, dass man mit Bullen nicht redete, und was tat sie?

Ihre Haltestelle war gekommen. Sie stieg aus und lief in Richtung der Schrebergärten. In dem Wohnwagen brannte Licht und der Rauch aus dem kleinen Schornstein zeigte an, dass die Heizung auf vollen Touren lief. Sie klopfte, und Tomate öffnete ihr. Tomate hieß Tomate, weil er immer mit tomatenrotem Haar durch die Gegend gelaufen war. Heute war von seinem roten Haar nicht mehr viel übrig und rot war es schon lange nicht mehr. Aber sein Name war geblieben. Er freute sich sichtlich, sie zu sehen. „Hey Steff. Toll dass du mal wieder vorbei kommst. Hat Christoph dich mal raus gelassen? Bist du deinen Job endlich los?" Von innen hörte sie ein lautes Gejohle. „Oh, Frau Doktor", „Steff gibt uns die Ehre!"

Als sie den Wohnwagen betrat schaute sie in erwartungsvolle Gesichter. Es waren mehr da, als sie erwartet hatte. Auch einige, von denen sie gedacht hatte, sie seien schon lang nicht mehr dabei. Aber denen musste es ja mit ihr genauso gehen. Es war schön, mal wieder hier zu sein. „Hi, allerseits. Ein paar von euch hab ich ja schon ewig nicht mehr gesehen. Steht irgendwas an, ist irgendwas besonderes, oder seid ihr jetzt immer so viele?" Thomas schien sich sichtlich über ihr Erscheinen zu freuen und sagte: „Wir erzählen dir gleich alles. Hast du dein Handy aus? Du kannst den Akku rausmachen und es neben den Wasserkocher legen." Steff lächelte und tat, wie ihr geheißen. Rosi war wie immer geschäftig am Protokoll führen. Eher nebenbei ließ sie fallen: „Das nächste Mal das Handy am besten im Auto lassen. Seit Berlin können sie dir schon nen Strick draus drehen, wenn du es ausschaltest. Oder lass es am besten gleich zu Hause." Steff schaute zu Rosi. „Ich sehe mit Freude, dass wieder Protokoll geführt wird." Steff war eine alte Verfechterin von Protokollen. Rosi antwortete ihr: „Ja aber nur für uns. Ich meine, wir versenden es weder per E-Mail noch bekommt es jeder." Nun hatte Rosi fertig geschrieben, stand auf und umarmte Stefanie. „Schön, dich mal wieder zu sehen. Wir hatten ja fast gehofft, dass du auftauchst. Sag' mal, das war in deinem Laden, wo sie diesen Typen abgemurkst haben, oder? Tom war sich nicht sicher." Stefanie setzte sich, zog ihren Schal und ihren Mantel aus, bevor sie erwiderte: „Ja, es ist bei uns im Haus. Und nun ratet mal, wen es erwischt hat." Die Anderen schauten sie erwartungsvoll an. Bei Thomas viel der Groschen zuerst. „Sag bloß, es hat den Fascho erwischt. Wie hast du ihn immer bezeichnet, euern Hausmeister? Na da hat's ja nicht den falschen erwischt." „Ja, den Hausmeister. Und die Bullen stellen mir ziemlich komische Fragen." Thomas war zum Kühlschrank gegangen, holte eine Flasche Bier heraus und, um sie nicht zu unterbrechen, schaute er fragend zu Stefanie und zeigte auf das Bier. Sie nickte. „Ein Bulle war schon bei mir zu Hause, und Christoph, mein heiß geliebter Vollidiot, hat ihn sogar rein gelassen.

Aber ich muss gerade über Christoph schimpfen. Der gleiche Bulle hat mich heute zum Kaffee eingeladen. Und da ich das letzte Mal, als ich in die Wohnung kam und ihn dort vor fand, ziemlich unfreundlich war, dachte ich, ich müsste jetzt mal mit ihm reden." Sie nahm ein Schluck Bier. „Nur, damit er nicht noch auf die Idee kommt, dass ich was mit dem Mord zu tun hab. War natürlich ne scheiß Idee, und jetzt wissen die Bullen, dass ich weiß, dass Schneider ein Fascho war." Keiner der Anderen war sonderlich beeindruckt. Matthias lachte. „Als ob die das nicht schon vorher gewusst hätten. Mann Steff! Aufs Alter doch noch naiv geworden? Trotzdem stimme ich dir zu, dass das Reden mit den Bullen nicht besonders intelligent ist. Am Schluss versuchen die, das dir noch anzuhängen." Tom, der als Lehrer arbeitete, nahm nun ebenfalls ein Schluck Bier. „Oder uns. Das wäre für meine berufliche Laufbahn nicht so der Renner." Rosi verdrehte die Augen. „Mach dir nicht ins Hemd. Klar, wir sind ne terroristische Vereinigung und schlachten Faschos ab." Giuseppe konnte sich eine zynische Bemerkung nicht verkneifen. „Marodierende Rentnerbanden auf den Straßen Heidelbergs."

Als Stefanie sich umsah, musste sie lächeln. Sie waren wirklich alle furchtbar alt geworden. Bei den meisten männlichen Mitgliedern der Truppe waren die langen Haare einem eleganten Kurzschnitt gewichen. Einige hatten mittlerweile einen Bauch angesetzt. Insgesamt sah man den Meisten ihren bisher nicht gerade gesunden Lebenswandel an. „Ich hab jedenfalls keine Ahnung, was die Bullen genau wissen, und was sie von mir wollen. Ihr solltet bei euch zu Hause vielleicht so aufräumen, dass eine Hausdurchsuchung kein Problem ist. Ihr müsst bedenken, immerhin geht es hier um Mord." Giuseppe stöhnte. „Wenn die Bullen zu uns in die WG kommen, werd ich sie bitten, gleich mal mit nach meinem Motorradschlüssel zu schauen und meine Lohnsteuerkarte hab' ich auch verlegt." Stefanie wurde jetzt etwas ernster. „Hey, wir hatten noch nie mit nem Mord zu tun, und ich möchte gar nicht wissen, wie die abgehen, wenn die denken, dass ich damit was zu tun hab." Thomas klopfte ihr beruhigend auf die Schulter. Stefanie nahm noch einen Schluck Bier. Er stieß mit ihr an. „Auf einen Fascho weniger auf der Straße". Rosi`s Blick zeigte Unverständnis. „Sag mal, spinnst du? Ich finde, da ist ein Unterschied, Nazis auf die Fresse hauen, ja, wenn`s sich ergibt. Aber Mord? Sorry, da kann ich nicht mit." Stefanie konnte Rosi verstehen. So wenig sie Schneider hatte leiden können, die Vorstellung, dass ihn jemand umgebracht hatte, empfand sie als wirklich unangenehm. Thomas rümpfte etwas die Nase. „Hey, ich hätte es auch nicht selbst machen wollen, aber die Tatsache, dass so ein Schwein nicht mehr weiter sein Unwesen treiben kann, erfreut mich doch mehr, als dass es mir leid tut." Sven, der normalerweise nie viel sagte, mischte sich nun ein. Seine ruhige Art und seine sehr besonnene Wortwahl hatten in der Vergangenheit schon oft verhindert, dass eine Diskussion in Streit ausartete. Wenn Sven sprach, hörten alle gespannt zu. „Ob wir es nun toll finden, oder nicht. Der Typ ist tot. Ich gehe davon aus, dass keiner aus der linken Ecke jemanden einfach ermordet. Die jungen Leute reißen zwar die Klappe oft ziemlich auf, aber jemanden töten, kann ich

126

mir bei niemandem vorstellen. Trotzdem kann die Tatsache, dass dieser Typ ein Rechter war, dazu führen, dass die Polizei in nächster Zeit die Gelegenheit nützt, innerhalb der Szene zu schnüffeln, zu verhaften und was ihnen sonst noch alles einfällt, was sie schon immer mal machen wollten. Ich würde das an Stelle der Bullen nicht anders machen. Eine solche Gelegenheit bekommen sie so schnell nicht wieder. Persönlich denke ich ja eher, dass die Nazis untereinander zu so was fähig wären. Was meinst du Steff, denkst du, es war jemand aus deinem Betrieb." Stefanie schüttelte mit dem Kopf. „Ich glaub nicht, dass innerhalb des Betriebs jemand so einen Hass auf den Schneider hatte, dass er ihn hätte umbringen wollen. Ich bin da eher deiner Meinung. Es könnte bei den Faschos abgehen. Da sind sich grad einige Gruppierungen gegenseitig nicht ganz grün."

Den Rest des Abends diskutierten sie, wer Schneider ermordet haben könnte. Sie erfuhr die letzten Neuigkeiten aus der Szene und als sie gegen elf Uhr nach Hause fuhr, nahm sie sich vor, wieder mal öfters samstags vorbei zu schauen.

Etwa zur gleichen Zeit saß Benjamin mit seinem Freund in der Kneipe. Benjamin hatte ihn überreden können, noch einmal das Haus zu verlassen. Seit sich beide zusammen ein Haus gekauft hatten, das etwas außerhalb von Heidelberg lag, gingen sie fast nur noch zu Anlässen wie Oper oder Geburtstagsfeiern ihrer Freunde aus dem Haus und versackten immer öfter abends vor dem Fernseher. Sicher, man konnte Kultur auch aus den Medien beziehen. Wofür gab es Arte oder

Phönix. John, der eigentlich Jonathan hieß, liebte Dokus. Benjamin stand eher auf Aufzeichnungen von Theater- oder Opernaufführungen und wenn John nicht da war, auch auf schmalzige Filme. „Sag mal, hast du von dem Mord gehört? Die haben so nen Typen tot aufgefunden. Ermordet." Benjamin antwortete etwas unüberlegt. „Der Typ ist bei uns aus ´m Betrieb". John stellte sein Bier ab. „Und das erzählst du mir nicht?", schnaubte er empört. Benjamin, der jetzt schon wusste, welche Leier gleich kommen würde, überlegte sich, wie er die sich anbahnende Auseinandersetzung abwürgen konnte. ‚Ich hab's vergessen', war keine gute Idee. Auch die Wahrscheinlichkeit, dass er es erst heute erfahren hatte, war in Anbetracht eines arbeitsfreien Samstags dazu verurteilt, als Lüge entlarvt zu werden. John sah ihn erwartungsvoll an. Sein lauernder Blick sagte Benjamin, dass es fast egal sein würde, was er antwortete. Er wür-de so oder so zu hören bekommen, dass er zu Hause nichts erzählte, dass John die Neuheiten immer von anderen erfuhr und dass sich John manchmal fragte, was Benjamin unter dem Begriff „Partner" verstand. Zu seiner Überraschung fragte John. „Wer ist der Tote? Doch niemand aus eurer Arbeitsgruppe?" Benjamin ergriff die Gelegenheit und antwortete: „Der Schneider von der Materialwirtschaft. Du weißt schon, ich hab ab und zu von ihm erzählt. War nicht gerade ein Freund unserer Abteilung." „Klar sagt mir Schneider was. Du konntest ihn nicht gerade gut leiden. Und, wie geht's dir damit?" Benjamin antwortete nicht sofort, obwohl ihm der besorgte Klang von Johns Stimme erheblich lieber war, als der Vorwurfsvolle zuvor. „Komisches

Gefühl, wenn man jemanden nicht leiden kann, und irgendjemand murkst die Person dann einfach ab. Trauern tu ich nicht um ihn, wenn du das meinst." John sah ihn völlig verständnislos an. „Hast du keine Angst?" Wie meinte John nun das jetzt wieder? „Wovor sollte ich bitte Angst haben? Ich hatte ja fast nix mit ihm zu tun." John runzelte die Stirn. „Ich mein, das heißt ja, dass irgendwo ein Mörder rumläuft. Und wohlmöglich ist der sogar in eurem Betrieb." Benjamin fiel ihm ins Wort „Ach quatsch. Wer auch immer Schneider um die Ecke gebracht hat, er hat garantiert gewusst, warum." John schüttelte den Kopf: „Das klingt ja fast, als könntest du den Mörder verstehen." Benjamin überlegte kurz. „Schneider war ein Arschloch." Er zögerte. „Und jetzt hab ich eigentlich keine Lust mehr, über das Thema zu reden."

Aber für John war das Thema so schnell nicht vom Tisch. Die Vorstellung, dass in seiner direktesten Umgebung (damit meinte er im Betrieb seines Lebensgefährten) jemand ermordet wurde, schien in ihm ein zwiespältiges Gefühl zwischen gruseliger Erregung und Horror zu erzeugen. Entsprechend wollte er von Benjamin alles wissen, was in den letzten Tagen passiert war. „Und die Polizei hat dich echt befragt? Bist du etwa verdächtig?" Benjamin war genervt. Er konnte Klatsch und Tratsch grundsätzlich nicht leiden. Er hatte noch nie verstehen können, warum Menschen an unbekannten Opfern von Flugzeugabstürzen oder an Menschen, die einer anderen Katastrophe zum Opfer gefallen waren, Anteil nahmen, während täglich tausende Menschen verhungerten, ohne dass ein Hahn danach krähte. John allerdings war in dieser Hinsicht das absolute Gegenteil von ihm. Keine Sondersendung, die er anlässlich irgendeines Unglücks verpasste, kein Tratsch, der ihn nicht interessierte. „Sie haben mir Fragen gestellt, die ich beantwortete und, nein, ich bin wohl nicht verdächtig, jedenfalls hab' ich die Herrn von der Polizei bisher nicht wieder gesehen." „Wie ist das so, verhört zu werden, wie im Krimi?" Jetzt platzte Benjamin der Kragen. „Oh Mann, John, es war überhaupt nichts Besonderes. Zwei Personen, die dir Fragen stellen. Und du antwortest einfach. Wenn du es mal ausprobieren möchtest, kann ich ihnen das nächste Mal erzählen, dass du die größte Tratschtunte von Heidelberg bist. Und dass sie von dir bestimmt alles erfahren können." Das saß! John sah ihn fassungslos an. Sofort tat es Benjamin leid, ganz so hart hatte er es nicht sagen wollen. Jonathan stand auf und war im Begriff zu gehen. Benjamin hielt ihn am Ärmel fest und zog ihn zu sich. „Entschuldige! Das Ganze regt mich vielleicht doch mehr auf als ich zugeben möchte. Weißt du, die Realität ist bei weitem nicht so spannend, wie man sich das vorstellt." John setzte sich. Die Aussicht, einen Einblick in Benjamins Gefühlsleben zu bekommen, schien ihm wohl attraktiver als den Rest des Abends zu schmollen. Manchmal war John wirklich leicht zu durchschauen. Benjamin atmete tief durch. Dann erzählte er John, was dieser hören wollte.

5

„Ich habe heut Nacht von diesem Bullen geträumt".
Sie saßen am Frühstückstisch, und Christoph schaute
von seiner Zeitung auf und sah sie fragend an. „Nicht
was du denkst", antwortete sie seinem Blick. „Der
Traum war eher von erotischer Natur." „Na dann bin
ich ja beruhigt", sagte Christoph in ironischem Ton.
Und kopfschüttelnd schaute er wieder in seine Zeitung.
„Manchmal glaube ich, wir sind wirklich unterschiedlich gepolt, Steff." „Hey!", reagierte Stefanie gereizt,
„Ich meinte nur, nichts von wegen paranoide Gedanken, nichts von wegen, der verfolgt mich, nichts von
wegen meiner politischen Einstellung, nichts…" „Schon
gut, Steff.", lachte Christoph. „Hab' schon kapiert. Wir
beide setzen unterschiedliche Prioritäten in unserem
Leben. Aber wenn du glücklich bist, dann bin ich auch
glücklich. Ich hoffe, der Bulle war gut, in deinem
Traum." Stefanie biss in ihr Brötchen. „Du bist blöd. So
erotisch war der Traum nun auch wieder nicht. Ist
Amelie schon wach?" Christoph sah sie mit etwas ver-
ständnislosem Blick an. „Amelie ist schon seit acht Uhr
wach. Hat, wie du vielleicht dem Chaos des Frühstücks-
tischs entnehmen kannst, schon ausgiebig gefrühstückt
und sitzt jetzt vor der Glotze. Er schaute auf die Uhr.
„In ca.", er tat so als müsse er nachrechnen, „sagen wir;
in ca. zwei Minuten werden wir zur ‚Sendung mit der
Maus' beordert." Es dauerte auch keine zwei Minuten.
Wie der Blitz kam Amelie in die Küche geflitzt. „Christoph! Steff! Sendung mit der Maus kommt!" Stefanie
lächelte Amelie an. „Guten Morgen, mein Schatz." A-

melie schaute sie genauso verständnislos an, wie zuvor Christoph. „Guten Morgen? Mama, wir haben Mittag. Christoph und ich sind schon ganz lange wach. Gell Christoph?" Christoph musste lachen. „Ja, und noch mal vielen Dank fürs wecken. Wäre ja nicht auszudenken gewesen, wenn ich am Sonntag mal bis um neun geschlafen hätte. Was ich alles verpasst hätte." Er zwinkerte Amelie zu. Stefanie hätte beide auf der Stelle kaputt drücken können. Was wäre sie nur ohne ihn, was wäre sie ohne die Beiden. „Na dann wollen wir mal schnell ins Wohnzimmer gehen. Die Maus wartet nicht." Doch bevor Amelie sie aus der Küche ziehen konnte, küsste sie Christoph noch ausgiebig. Amelie verzog den Mund. „Hört auf zu knutschen und kommt". Christoph machte nun ein ähnliches Gesicht wie Amelie und wand sich aus ihrer Umarmung. „Amelie rette mich, die will mich knutschen." Er wischte sich den Mund ab, als wäre er eben beschmutzt worden. Amelie kicherte und flitzte aus dem Raum. „Ich liebe dich, Christoph!", sagte Stefanie. „Ho, ho! Doch ein schlechtes Gewissen wegen deiner nächtlichen Untreue?", lachte er. Stefanie ließ von ihm ab. Sie machte eine dicke Unterlippe, wie Amelie es so gut konnte. „Du bist doof!". Und Arm in Arm schritten sie ins Wohnzimmer.

Mario rieb sich die Schläfen und hob den Deckel der Espressomaschine kurz an, um zu sehen, ob der Kaffee schon kam. Nach seinem Treffen mit Frau Schäfer hatte er sich noch ins Internet eingeloggt und nachgesehen, was er über Alois Schneider finden konnte. Sie hatte nicht ganz unrecht gehabt. Er war wirklich kein Unbekannter in der rechten Szene, auch wenn seine Verknüpfungen eigentlich nie eindeutig waren. Mario hatte gar nicht gemerkt, wie er nebenbei eine ganze Flasche Rotwein geleert hatte. Heute Morgen nun spürte er sie pochend in seinen Schläfen. Vielleicht sollte er sich einfach noch einmal hinlegen, bis die Kopfschmerztablette wirkte. Der Kaffee blubberte und verstummte dann. Mario goss sich eine Espressotasse voll und pilgerte damit ins Wohnzimmer. Sein Blick fiel auf die Ausdrucke der vorherigen Nacht. Er hatte nicht alles durchgelesen, sondern meistens einfach nur auf „Drucken" gedrückt. Nun nahm er einen gelben Textmarker und nahm sich die Ausdrucke noch einmal vor. Herr Schneider, ein unbescholtener Bürger in Uniform, setzte sich für die Bildung der deutschen Jugend ein. Daran war zunächst nichts auszusetzen, würde in dem Schulungszentrum, von dem hier die Rede war, das Wort „deutsch" nicht etwas sehr wörtlich genommen. Nazigrößen tummelten sich hier mit der Rechts-Außen-Fraktion der CDU. Die konservative Rechte trifft auf die kahlköpfigen Schmuddelkinder, um den deutschen Stolz wieder salonfähig zu machen. Menschen, die sich für dieses Zentrum einsetzten, konnten alles sein: von rechts-konservativ bis ganz rechts außen. Mario hatte auch etwas über die ‚germanischen Jugendspiele' gefunden. Die einschlägigen Seiten waren voll des Lobes über die Veranstalter. Auch aus diesen Seiten ging nicht klar hervor, ob die Veranstalter bewusst junge Rechtsradikale hatten ansprechen wollen, oder ob diese einfach nur dort aufgetaucht waren. Tatsache war, dass nach diesem Highlight des völkischen Größenwahns die Kameradschaft Heidelberg die Veranstalter zu Ehrenmitgliedern auserkoren hatten. Inwiefern sich diese dafür geehrt gefühlt hatten, oder überhaupt etwas von ihrer Ehrenmitgliedschaft wussten, ging aus dem Artikel nicht hervor.

Auch eine Stunde später war Mario nicht schlauer. Wie ein Fisch glitt ihm dieser Schneider immer wieder zwischen den Händen hindurch. Schließlich griff er zum Telefon und rief Silke an. Er musste es lange klingeln lassen und war schon kurz vor dem Auflegen, als sie schließlich schnaufend antwortete.

„Entschuldige, hab' ich dich bei etwas wichtigem gestört?" Silke atmete erst mal tief durch, bevor sie antwortete. „Wenn du mich bei irgendwas Wichtigem gestört hättest, wäre ich nicht zum Telefon gehechtet, um dir zu antworten, oder glaubst du, dass noch mehr Leute aus meinem Bekanntenkreis zu einer unmöglichen Zeit wie dieser anrufen." Mario schaute etwas irritiert auf die Uhr. Es war 14 Uhr und er konnte sich beim besten Willen nicht vorstellen, was an dieser Uhrzeit unmöglich sein sollte. „Aber du hast Glück, wir machen ausnahmsweise heute keinen Mittagsschlaf, mein Mann hat vielmehr beschlossen, heute den Keller auszumisten. Und wenn Du mir einen Grund gibst, damit ich auf der Stelle diesen Ort des Schreckens verlassen muss, würde ich es dir mit ewiger Dankbarkeit oder alternativ einer Woche kostenloses Frühstück vergelten." Mittagsschlaf! ging es Mario zunächst durch den Kopf. Manchmal merkte man Silke ihr bürgerlich intellektuelles Elternhaus doch ziemlich deutlich an. „Zwei Wochen!", antwortete er ihr. „Und ich befrei' dich im Handumdrehen aus deiner ehelichen Hölle, um dich in das Paradies der Arbeitswelt zu entführen." Er hörte ein empörtes Schnaufen auf der anderen Seite und die Stimme eines Mannes, der seiner ungeduldigen Rede ein genervtes „Schatz" voranstellte. „O.K.", sagte Silke, „ zwei Wochen. Aber ich will, dass du in weniger als 10 min vorfährst. Wenn ich nicht antworte, wenn du klingelst, bestell' bitte die Gebirgsrettung mit Hundestaffel, wir sind irgendwo unten im Keller." Noch bevor Mario ihr antworten konnte, hatte sie aufgelegt. Er trank seinen letzten Schluck Kaffee und schnappte sich seinen Autoschlüssel und verließ das Haus.

„Du hast dir nicht gerade einen Freund gemacht", begrüßte sie ihn und setzte sich ins Auto. „Dafür hab' ich deine ewige Dankbarkeit sicher!", antwortete er ihr. „Entweder ewige Dankbarkeit oder eine Woche Frühstück, beides gibt's nicht." Sie stellte ihre Tasche auf ihren Schoß und fing an, darin zu kramen. Dann klopfte sie ihre beiden Jackentaschen ab, suchte in der Innentasche ihres Mantels, um anschließend nochmals ihre Tasche auf den Schoß zu nehmen und mit hektischen und fahrigen Bewegungen ihren Inhalt von ganz rechts nach ganz links umzuwälzen. Schließlich gab sie auf. „Kippen vergessen!", stellte Mario sachlich fest. „Lass uns in ner Kneipe einen Kaffee trinken gehen, da kannst du dir dann auch am Automaten welche ziehen." Sie blickte sichtlich genervt drein. Mario sah im Augenwinkel an der Straße ein Bistro, setzte den Blinker, bog um die Ecke und konnte zu seiner Verwunderung auch sogleich einen Parkplatz ergattern. Fünf Minuten später saßen sie gemeinsam im Bistro, das zu Silkes Erleichterung einen Raucherbereich und zu Marios Freude eine einigermaßen funktionierende Lüftung hatte.

„Ich denke, wir sollten bei Schneider ganz von vorn anfangen. Wer war dieser Mensch? Außerdem würde ich mir noch mal ganz gern seine Wohnung ansehen. Ich gebe Mike recht, das Haus war nahezu erschreckend ordentlich." Silke zog gierig an ihrer Zigarette und sah fragend zu ihm hinüber. „Mike? Muss ich den kennen?" „Michael von der SPUSI", antwortete er ihr. „Dass der von unheimlicher Ordnung spricht, wundert mich jetzt. Hatte immer den Eindruck, als gehörte er zu Typ ,Hausmann' mit leichtem Hang zur peniblen Ordnung. Eigentlich Kategorie perfekter Schwiegersohn, schrecklicher Ehemann, getarnt als Märchenprinz." Mario grinste. „Soweit ich weiß, ist sein Freund, was Ordnung angeht, noch schlimmer." Und als er ihr verdutztes Gesicht sah, setzte er hinterher: „War nur ´n Witz." Silke schien sichtlich erleichtert. „Ich dachte schon, dieser schöne Mann wäre für immer der Frauenwelt entgangen." Jetzt grinste Mario noch mehr. „Ne, ernsthaft, ich glaub Mike ist schlimmer als sein Freund. Aber behalt' das für dich, die meisten Kollegen sind da nach wie vor etwas komisch drauf. Aber dir kann man so was ja sagen, bevor du dir weiter Hoffnung machst." Silke runzelte die Stirn. „Hätt' ich jetzt nicht gedacht. Ich bin in so was aber auch schlecht. Ich erkenn' die Jungs vom anderen Ufer nie auf Anhieb. Aber was soll's...du meinst also, wir sollten uns mal mit Schneider's Vergangenheit beschäftigen. Na dann los. Wer kann uns in das Haus reinlassen? Und bitte ruf nicht Michael an, ich glaube, ich muss den Verlust für die Frauenwelt erst mal verkraften, bevor ich ihm das nächste Mal begegne."

Nachdem Mario zu Ende telefoniert hatte, nahm er einen Schluck Kaffee und holte sein Notizbuch aus der Tasche. „Wir können heute Nachmittag ins Haus rein. Um 17 Uhr schließt uns jemand auf. Bis dahin haben wir noch Zeit, zusammenzufassen, was wir bisher über diesen Herrn Schneider wissen." Er malte auf die Mitte einer Seite ein S und zeichnete einen Kreis drum herum. Darüber malte er einen Pfeil, an dessen Ende ein Kreuz stand. Er unterteilte den Pfeil in drei etwa gleich lange Stücke. Über den letzten Abschnitt schrieb er „Betrieb", über das mittlere Stück „Bundeswehr", über das Stück davor kam ein Fragezeichen. „Wir wissen, dass Herr Schneider vor seiner Beschäftigung in dem Betrieb als Ausbilder bei der Bundeswehr tätig war. Was er davor tat, und wie lange diese Zeit bei der Bundeswehr war, ist uns bisher nicht bekannt." Er malte ein kleines Strichmännchen unterhalb der beiden Teilstücke, die mit „Betrieb" und „Bundeswehr" beschriftet waren und bezeichnete das Männchen mit „S. Vagas". Silke schaute auf die Zeichnung. Sie nahm ihm den Stift aus der Hand und malte neben das Strichmännchen einen kleinen Rollstuhl. „Ich halte es durchaus nicht für irrelevant, dass der Junge behindert ist.", kommentierte sie ihre Zeichnung.

Mario schrieb nun in den unteren Bereich des Bildes „Kameradschaft Heidelberg", unterstrich das Word und verband es mit dem umkreisten S. Dann machte er ein

Fragezeichen daneben. „Im Internet findet man Schneider durchaus auf einschlägigen Seiten", erklärte er Silke. „Allerdings bleibt völlig offen, wie nah er dem rechten Gedankengut wirklich steht. Jemand, der ein Institut unterstützt, das Leute wie Filbinger oder Deckert hat reden lassen, kann sowohl rechts außen, als auch jenseits von Gut und Böse sein." Silke setzte eine Unschuldsmiene auf. „Ich dachte Filbinger war Antifaschist." Mario rollte die Augen. „Und meine Großmutter kämpfte gegen die Mafia...du weißt jedenfalls was ich meine. Wir haben indizierte Bücher bei ihm im Schrank gefunden. Nur, auch das heißt erst mal nicht all zu viel. Es gibt nicht wenige, die so nen Dreck zu Hause haben, ohne aktiv der rechten Szene anzugehören. Und Schneider war ja jetzt auch schon etwas älter. Wer weiß, was der in der Jugend getrieben hat. Ich werde die Kollegen vom Staatsschutz noch mal anhauen, ob die Näheres haben. Bis dahin sollten wir uns eher auf seine Zeit bei der Bundeswehr konzentrieren. Ausbilder sind jetzt ja auch nicht gerade dafür bekannt, immer bei allen beliebt zu sein." Silke deutete auf das Feld „Betrieb". „Was machen wir mit seinen Arbeitskollegen? Ich meine da speziell diese ominöse biologische Abteilung." Mario überlegte kurz. „Ehrlich gesagt glaube ich nicht an einen Mord am Arbeitsplatz. Arbeit ist Arbeit, und Privat ist Privat. Ich glaube, die meisten Menschen sind befähigt, das zu trennen, sonst gäbe es erheblich mehr Morde. Ich tendiere eher dazu, uns noch mal diese Vagas vorzunehmen. Wenn jemand einen Grund hatte, Schneider was anzutun, dann sie." Er machte aus dem Strichmännchen neben den Rollstuhl eine Strichfrau.

„Irgendwie glaube ich, der Mord hat etwas mit dem Kind zu tun."

Er hatte das Haus beobachtet, als er sie kommen sah. Sie hatte einen Rollstuhl vor sich her geschoben, in dem ein nach vorne gebeugter Junge saß. Sie hatte mit Mühe den Rollstuhl die Treppen hinaufgezerrt und bei Schneider geklingelt. Zuerst hatte er gedacht es sei jemand, der um Spenden bittet. Doch als Schneider öffnete, hatte er an den Reaktionen der beiden gesehen, dass diese zwei Menschen sich kannten. Von seinem Versteck aus hatte er nicht das ganze Gespräch mitbekommen. Die Frau hatte am Anfang zu leise gesprochen, und man hatte ihr angesehen, dass sie ängstlich und verunsichert war. Irgendwann war sie lauter geworden, und er hatte verstehen können, dass sie irgendetwas sagte, wie „zumindest mal sehen", „nicht so tun, als ob er nicht existiere" und „kein Geld". Schneider seinerseits hatte sich sichtlich erregt gezeigt. Entsprechend war seine Antwort problemlos zu verstehen gewesen. Er hätte ihr damals schon gesagt, sie hätte es wegmachen lassen sollen. So etwas sei doch kein Mensch, sondern nur ein fressender und scheißender Fleischklops. Seines Erachtens wäre es für alle Beteiligten am besten, wenn er endlich sterben würde. Dann hätte sie wenigstens ihre Ruhe und er endlich Ruhe vor ihr.

Und plötzlich hatte er verstanden, was da vor sich ging. Dieses Schwein hatte einen Sohn, um den er sich nicht kümmerte. Und nicht irgendeinen Sohn. Einen hilflosen schwerbehinderten Jungen. Diese Frau verlangte nur, dass er sich dieses Kind mal ansehen sollte.

Nicht, weil sie Geld wollte, nur weil sie wollte, dass er den Menschen sah, den er da vor sich hatte.

Als er das begriffen hatte, hatte er sich umgedreht und sein Versteck verlassen. Beim Entlanglaufen auf der Straße, war ihm schlagartig klar geworden, was zu tun war. Bisher war das Ganze nur eine Phantasie gewesen. Eine ziemlich kranke und perverse Phantasie, aber eine, die ihm ermöglicht hatte, zu überleben. Nun hatte er plötzlich begriffen, dass das Warten keinen Sinn mehr hatte. Schneider war ein Schwein, durch und durch. Je mehr er über diesen Menschen erfuhr, desto sicherer wurde er sich. Auch in seinen Gedankenspielen war er sich immer bewusst gewesen, dass er einen Teil von seiner Menschlichkeit würde opfern müssen, um einen anderen wieder zu bekommen.

Als der Entschluss gefasst war, war er sich nicht sicher gewesen, ob er ein Gefühl der Erleichterung empfand. Er hatte nur gewusst, dass die Entscheidung im Grunde schon viel früher gefallen war.

„Vater: unbekannt." Mario schaute auf die Akte, die er kurz zuvor aus einem Hängeschrank in Schneiders Arbeitszimmer genommen hatte. Sein Gehirn stellte blitzschnell eine Verbindung her: Schneider – Kind, um das er sich nicht kümmerte – Vater: unbekannt. Mehr zu sich selbst als zu Silke gewandt, sagte er: „Der Mann, der mit Frau Schäfer zusammenlebt, ist nicht der Vater Ihres Kindes!". Er war zusammen mit Silke in Schneiders Haus gegangen. Während sich Silke noch einmal in den übrigen Räumen umschaute, hatte er selbst sich an Schneiders Schreibtisch gesetzt und hatte angefangen, einzeln die Akten im Hängeschrank durchzusehen. Silke steckte den Kopf aus der Küchentür und fragte: „Hast du was gesagt?"

Mario winkte sie herbei. „Diese Akten müssen mit aufs Revier. Stell' dir vor, Schneider hat doch tatsächlich über alle möglichen Leute Erkundungen angestellt. Neben Frau Schäfer kannst du hier noch alles Mögliche über den Leiter des Betriebs, einige Mitarbeiter und andere Leute erfahren. Von Alkoholproblemen, über Familiensituationen, bis hin zur politischen Einstellung kannst du hier nahezu alles finden. Wüsste ich es nicht besser, ich würde sagen, unser Herr Schneider war ein V-Mann." Silke nahm ihm die Akte von Frau Schäfer aus der Hand und sagte: „Weißt du ´s?" Mario schüttelte mit dem Kopf. „Bei einem ermordeten V-Mann hätten wohl irgendwann mal meine ehemaligen Kollegen bei mir angeklopft. Geheim hin oder her. Wenn es einen Informanten erwischt, sagt man zumindest Bescheid, dass die Kompetenzen ab jetzt anders verteilt sind. In dem Fall hätten wir den Fall höchstwahrscheinlich schon nicht mehr. Aber wenn ´s dich beruhigt, ich werde nachher noch mal nachfragen." Silke las sich die Akte über Frau Schäfer durch. „Viel wusste er aber über diese Schäfer nicht." Sie blieb an der Bemerkung „Vater: unbekannt" hängen.

„Mario, wenn ich das von dem unbekannten Vater lese, muss ich sofort an unsere Frau Vagas denken." Mario angelte sich die Akte zurück und nickte. „Ich weiß, was du meinst. Diese Assoziation hatte ich auch sofort. Je länger ich aber drüber nachdenke, desto weniger kann ich glauben, dass Stefanie Schäfer einen solch schlechten Geschmack hat. Mal ganz abgesehen davon, was Ihre früheren Mitstreiter dazu sagen würden, wenn sie wüssten, dass Ihr Kind von nem Nazi-Sympathisanten stammt." Silke runzelte die Stirn und sagte: „Sorry, wenn ich das jetzt so sage, aber wäre das nicht auch irgendwie ein Motiv?" An Marios Blick konnte sie ablesen, dass auch ihm dieser Gedanke gekommen war. Trotzdem schüttelte er mit dem Kopf. „Silke, die Annahme mit Schneiders zweiter Vaterschaft ist schon weit hergeholt, geschweige denn, dass jemand morden würde, nur um einen leiblichen Vater zu verheimlichen." Er schüttelte abermals mit dem Kopf. Silke kannte ihn gut genug, um zu wissen, was ihm durch den Kopf ging. „Aber du wirst dieser Spur nachgehen, oder?" Mario lehnte sich zurück, strich sich durch sein verbliebenes Haar und schaute an die Decke. Nachdem etwas Zeit verstrichen war, sagte er: „Dann lass uns nachher noch mal bei ihr vorbei schauen. Vielleicht klärt sich ja alles in einem Gespräch. Im Übrigen könnte ich mir vorstellen, dass diese Akten mehr als ein Motiv hergeben. Immer vorausgesetzt, irgendjemand wusste, was Schneider in seiner Freizeit so trieb."

Robert, Klaus und Benjamin saßen im Sozialraum. Benjamin hatte seinen Salat ausgepackt und goss aus einem Tuppa-Behälter sein Jogurtdressing darüber. Robert schaute den Salat an, dann Benjamin, dann wieder den Salat. „Es ist mir ein Rätsel, wie ein erwachsener Mann sich von so was ernähren kann. Nichts gegen einen Salat als Beilage, aber als Mittagsessen?" Benjamin ließ sich nicht aus der Ruhe bringen. Mit sichtbarem Genuss stieß er mit seiner Gabel in den Salat. Klaus hatte sein Käsebrot ausgepackt und biss hinein. Kauend sagte er: „Also ich find' Salat auch toll. Wenn ich nicht zu faul wäre, mir abends oder morgens einen vorzubereiten, könnte ich mir das als Mittagsessen auch vorstellen." Robert rollte die Augen. „Ja du, du isst ja auch Käsebrot zu Mittag. Käsebrot! Sag mal kocht dir deine Frau nicht ab und zu mal was Gescheites?" Klaus und Benjamin mussten beide herzhaft lachen. Benjamin stopfte sich eine Gabel Salat in den Mund. „Und was ist bitte für dich was Gescheites? Schweinebraten mit Knödeln?" Klaus warf ein. „Das ist bei einer Vegetarierin als Freundin eher unwahrscheinlich. Und seit der Kleine da ist, ist ´s auch mit den Grünkern-Burgern mit Majo, Senf und Ketschup vorbei. Im Übrigen bin ich selbst Mann genug, mir was Leckeres zu kochen."

Sie waren ja beide wirklich nett, dachte sich Robert. Aber unmännlichere Männer hatte er wirklich selten getroffen. Gut, bei Benjamin wunderte ihn das jetzt nicht unbedingt. Aber Klaus. So rein körperlich gab der ja schon nen echten Mann her. Da er keine Lust hatte, sich über Machos und Arbeitsteilung in der Ehe zu unterhalten, wechselte er das Thema. „Habt ihr Steff die Tage gesehen? Hatte die nicht gesagt, die würde die Woche noch mal reinkommen?" Klaus antwortete ihm. „Wenn sie da war, hat sie sich hier unten nicht blicken lassen. Soweit ich weiß ist sie nach wie vor mit ihrer Tochter zu Hause. Heute hab ich ne E-Mail bekommen, in der sie mich um eine Paar Daten gebeten hat." Robert hatte keine E-Mail bekommen. Obwohl das bedeutete, dass er keine zusätzliche Arbeit aufgehalst bekam, war er auf Steff ein bisschen sauer. Die hätte sich ruhig mal melden können. „Was von der Materialwirtschaft oder den Bullen gehört?" Das war die letzten Tage zu seinem Lieblingsthema geworden. Nachdem der erste Schreck verflogen war, fand er das Ganze jetzt nur noch spannend. Ein Mord im Haus, die Polizei ermittelt. Benjamin und Klaus schien der Mord eher auf die Nerven zu gehen. „Du fängst schon an wie mein Freund.", erwiderte Benjamin. „Der spricht auch von fast nichts anderem mehr. Ihr seid schon irgendwie pervers. Lasst doch den Schneider Schneider sein, und kümmert euch um euren eigenen Dreck." Das waren ungewöhnlich harte Worte von Benjamin. Sein Freund schien ihn wirklich ordentlich zu nerven. Klaus hatte sein Käsebrot zu Ende gegessen und schnitt nun einen Apfel auf. „Der Betriebsrat hat beschlossen, eine Versammlung einzuberufen, um alle mal auf den aktuellen Stand zu bringen. Die Gerüchteküche ist ja nicht mehr auszuhalten. Im Übrigen bist du, Robert, an fast oberster Stelle der Verdächtigen." Robert lachte. „Klar, gleich hinter dir wahrscheinlich. Aber Menschen, die Käsebrot zu Mittag essen, schließe ich aus dem Verdächtigenkreis zuerst aus. Ich denke, Steff hätte das beste Motiv. Als Racheengel hat sie endlich unsere Abteilung von Schneider erlöst."

Katja kam herein. Sie sah schlecht aus. Tiefe Ringe unter ihren Augen verrieten, dass sie die letzte Nacht oder die letzten Nächte nicht viel geschlafen hatte. Robert sagte zuerst etwas. „Katja, ich will dir ja nicht zu nahe treten, aber du siehst heute nicht gerade gut aus." Katja setzte sich an den Tisch, schüttete sich Müsli in eine Schüssel und gab etwas von der H-Milch darauf,

144

die auf dem Tisch stand. „Ich schlafe momentan nicht gerade gut.", sagte sie. Und nachdem sie geschluckt hatte, fügte sie hinzu: „Ich komm mit der Sache mit Schneider nicht klar. Ihr wisst, ich konnte ihn auch nicht gerade gut leiden..." Robert unterbrach sie, wofür er von den beiden anderen Jungs einen bösen Blick erntete. „Ich hatte den Eindruck, dass du von uns allen noch am besten auskamst, was zugegebenermaßen an deiner Konfektions- und, bitte nimm mir diese Bemerkung nicht übel, Körbchengröße liegen könnte. Was schaut ihr mich jetzt so an, Schneider war nur zu einer Sorte Mensch nett, und die war mit Körbchengröße D ausgestattet. Fragt nur Sonja!" Klaus schaute ihn mit einem strafenden Blick an, wandte sich dann, ohne was zu sagen, wieder Katja zu, die die Unterbrechung nur halb wahrgenommen zu haben schien. Als sie weiter sprach war ihre Stimme belegt. „Was ich sagen will, ist: Schneider war wirklich kein netter Mensch. Aber ihn einfach so umzubringen, so ein Recht zur Selbstjustiz hat niemand." Klaus schüttelte den Kopf. „Wir wissen doch gar nicht, ob er gezielt umgebracht wurde. Vielleicht rennt da auch einfach nur so ´n Irrer draußen rum und murkst Leute ab." Katja reagierte gar nicht auf seinen Einwand. Völlig niedergeschlagen sagte sie: „Das fällt mir ja Nachts dann auch manchmal ein, nur beruhigen tut mich das auch nicht gerade. Wisst ihr," und jetzt fing sie an zu weinen. „mein Vater war so einer. Ich mein', so einer der ‚Leute abgemurkst' hat. Was glaubt ihr, was hier los ist, wenn die Polizei das rausbekommt. Oder noch schlimmer, die Leute hier im Haus. Ich will gar nicht wissen, was die dann denken."

145

Benjamin kramte ein Taschentuch heraus und reichte es Katja. Keiner im Sozialraum sagte etwas. Selbst Robert war das Spaßen vergangen. Schließlich sagte Benjamin: „Das wusste ich nicht. Tut mir leid, dass ist bestimmt nicht einfach für dich." Katja lachte bitter. „Na ja, es ist nicht unbedingt etwas, womit man hausieren geht."

Robert fühlte sich schlecht. Wieder einmal musste er feststellen, dass seine Menschenkenntnis nicht besonders gut war. Er hatte immer geglaubt, Katja wäre in einer kleinen, heilen Welt aufgewachsen. Gut situiert und fern von jedem Problem. Und so hatte er sie auch manchmal behandelt. Die Kleine, der die ganze Welt offen stand, die niemals würde zu kämpfen haben. Er wusste nicht, was er sagen sollte. Am liebsten hätte er sich bei ihr entschuldigt.

Katja stand auf, leerte das restliche Müsli in den Mülleimer und stellte die Schale in die Spülmaschine. „Könntet ihr so nett sein, das niemandem zu erzählen.", sagte sie niedergeschlagen und verließ den Raum.

Sie fuhren zu Stefanie Schäfers Haus. Mario wusste, dass sie zurzeit zu Hause arbeitete, und hoffte, sie alleine anzutreffen. Nachdem sie geklingelt hatten, öffnete der Herr des Hauses. Mario zeigte ihm den Ausweis und sagte: „Entschuldigen Sie bitte die Störung, wir würden gerne mit Frau Schäfer sprechen." Der Mann war sichtlich weniger erfreut, als das letzte Mal, als sie sich gesehen hatten. Ohne zu antworten drehte er sich um und rief in die Wohnung: „Stefanie, der Herr von der Polizei von neulich ist noch mal da, er würde gerne mit dir sprechen. Kommst du runter?" Statt einer Antwort hörte Mario ein Poltern auf einer Holztreppe. Der Mann selbst machte keine Anstalten, sie hereinzubitten. Vielmehr stand er mit verschränkten Armen in der Tür als wolle er sagen ‚Versucht's doch!'. Der Mann ist lernfähig, dachte Mario.

Kurze Zeit später stand Frau Dr. Schäfer in der Tür. Die Lederhose, die sie trug sah hinreißend an ihr aus. Sie schaute zu Mario, dann zu Silke. „Oh, Sie haben sich Verstärkung mitgebracht.", sagte sie. Silke streckte ihre Hand aus: „Frau Müller ist mein Name, ich bearbeite mit Herrn Palazzone zusammen an der Aufklärung des Mordes an Herrn Schneider." Frau Schäfer ignorierte die Hand. Sie musterte Silke kurz, als wolle sie herausfinden, ob die Frau die vor ihr stand, genauso gewöhnlich war, wie ihr Nachname, und wandte sich dann wieder an Mario. „Sie wollen mich sprechen?"

Mario räusperte sich. „Frau Schäfer, ich weiß, Sie sind nichtgerade begeistert davon, Polizei in Ihrer Wohnung zu haben. Trotzdem würde ich dieses Gespräch lieber drinnen führen." Er wartete gespannt auf ihre Reaktion. Er wollte ein so heikles Thema nicht auf der Türschwelle besprechen. Und eigentlich fand er für dieses Thema sogar die Anwesenheit von Silke störend, geschweige denn die ihres Lebensgefährten. Frau Schäfer überlegte. „Worum geht es?", antwortete sie dann.

O.K., wenn du es nicht anders willst, dachte sich Mario ärgerlich. „Es geht um Ihre Tochter, genauer gesagt um den Vater Ihrer Tochter." Diese Antwort hatte sie nicht erwartet. Kurz schien er sie laut denken hören zu können. Dann trat sie einen Schritt zurück und sagte: „Wir können in der Küche reden. Kommen Sie rein. Es ist die erste Tür rechts." Silke und Mario betraten die Wohnung. Frau Schäfers Lebensgefährte schloss hinter ihnen die Tür, und alle betraten zusammen die Küche. Stefanie bot Mario und Silke einen Stuhl an. Nachdem sich Beide gesetzt hatten, lehnte sie sich an die Spüle, verschränkte die Arme und wartete. Mario fing zuerst an zu sprechen. Mit einem Blick auf ihren Lebensgefährten sagte er: „Eigentlich hätten wir gern alleine mit Ihnen gesprochen." Sie lächelte. „Ich habe vor meinem Mann keine Geheimnisse. Und in Anbetracht der Tatsache, dass Sie Ihre Kollegin mitgebracht haben, möchte ich meinerseits gerne auch einen Zeugen dabei haben."

Mario atmete tief durch. Und auch Silke konnte sich einen genervten Gesichtsausdruck nicht verkneifen. Silke sagte. „Frau Dr. Schäfer, wir haben erfahren, dass in der Geburtsurkunde Ihrer Tochter ‚Vater: unbekannt' steht. Viele Frauen geben den Namen des Vaters nicht an, weil sie mit diesem nichts mehr zu tun haben wollen, oder weil sie in der Zeit der Befruchtung mit zwei verschiedenen Männern sexuellen Kontakt pflegten, wodurch eine eindeutige Vaterschaft nicht zuzuordnen ist. Die wenigsten dieser Frauen wissen wirklich nicht, wer der Erzeuger Ihres Kindes ist." Mario entging nicht, dass sein männliches Gegenüber sich in die andere Ecke des Raumes gestellt hatte, und Frau Schäfer mindestens genauso neugierig betrachtete wie er selbst.

Frau Schäfer hatte Silke mit immer noch verschränkten Armen angespannt zugehört. „Dann gehöre ich eindeutig zur Ausnahme. Ich habe keine Ahnung, wer der Vater meiner Tochter ist. Es hat mich damals nicht interessiert, wer mich schwängert und es interessiert mich auch heute nicht, wer es gewesen ist. Amelie ist meine Tochter. Ein leiblicher Vater existiert nicht." Mario wusste, dass sie das ernst meinte, was sie sagte. Trotzdem widersprach diese Aussage nicht einer Vaterschaft ihres Opfers. Bevor er etwas sagen konnte, setzte Silke die Befragung fort. „Ihre Aussage schließt nicht aus, dass es sich bei dem Vater um den ermordeten Herrn Schneider handelt." Erst jetzt fiel der Groschen. Frau Schäfer schaute Silke an, als habe diese den Verstand verloren. Sie rang sichtlich nach Fassung. „Sehr geehrte Frau Müller, Mayer oder wie sie noch mal hießen. Herr Schneider war ein rechtsradikaler Spießer mit Schnauzbart und Militärschnitt. Selbst wenn er der letzte Mann auf dieser Welt gewesen wäre...", sie vollendete den Satz nicht. Stattdessen hielt sie inne und versuchte ihre Fassung wieder zu erlangen. Nachdem sie tief durchgeatmet hatte, redete sie in ruhigerem Ton weiter. „Herr Schneider hat meines Erachtens nach immer hier in dieser Region gelebt und gearbeitet. Amelie ist in Hamburg gezeugt worden. Und wer immer ihr Vater war, er muss mir von seinem Aussehen und auch von seiner politischen Einstellung her irgendwie gefallen haben. Es tut mir Leid, wenn ich Ihnen kein Motiv liefern kann. Sollte Sie auch mein Alibi am Abend des Mordes interessieren, ich war mit meinem Mann im Bett. Und in Anbetracht dieser eh schon sehr peinlichen Befragung möchte ich auf nähere Details nicht eingehen, es sei denn der Herr Kommissar ist an diesen ausdrücklich interessiert."

Einige Minuten später standen Mario und Silke wieder auf der Straße. „Ich glaube ihr", sagte Silke. Mario schloss das Auto auf und setzte sich hinter das Lenkrad. „Ich glaube ihr auch. Nur das Alibi nehm' ich ihr nicht ab. Obwohl das nach außen hin zunächst am glaubwürdigsten scheint. Aber, hast du sein Gesicht gesehen? Begeistert war der von dem Alibi nicht." Sie fuhren los. Silke holte ihre Zigaretten heraus und kurbelte das Fenster herunter. Mario zog die Jacke zu. „Ausnahmsweise," zwinkerte sie ihm zu. „Ist sie jetzt von der Liste der Verdächtigen gestrichen oder nicht?" Mario schaute etwas verärgert die Zigarette an. Dann sagte er: „Für einen Mord halte ich sie nicht für fähig. Trotzdem könnte sie noch für die eine oder andere Information gut sein. Ich glaube nicht, dass ich sie das letzte Mal gesehen habe." Silke grinste ihn an. „Du glaubst nicht, oder du hoffst nicht?"

Manchmal fragte er sich, warum er dieses scheiß Handy überhaupt aufgehoben hatte. Es war Schneider aus der Tasche gefallen, als er in sich zusammen sackte. Er hatte es nicht neben dem Fahrrad liegen lassen wollen und es deshalb einfach eingesteckt. In all der Aufregung hatte er es vergessen und war erst wieder daran erinnert worden, als es am nächsten Tag in seiner Tasche klingelte. Vor lauter Schreck hatte er es einfach ausgedrückt und dann abgeschaltet. Nun waren seine Fingerabdrücke drauf, und er traute sich nicht mehr, es einfach weg zu werfen. Vorsichtshalber hatte er auch den Akku entfernt, der jetzt getrennt von dem Gerät in seiner anderen Tasche herumfuhr. Ein paar Mal war er schon kurz davor gewesen, Beides in irgendeinem Mülleimer an der Straße zu entsorgen. Aber in letzter Zeit hatte er immer öfter Leute dabei beobachtet, wie sie den Müll nach Brauchbarem durchwühlten, und dieses Vorhaben als zu unsicher empfunden.

Nun stand er auf der alten Brücke und schaute auf den Neckar. Eigentlich ein schönes Grab für so ein Handy. Da es kalt war und leicht schneite, waren außer ihm nicht viele Leute unterwegs. Vorsichtig ließ er den Akku ins Wasser plumpsen. Keiner schien ihn zu beobachten, keiner hatte es gesehen. Er wartete etwas, dann schickte er das Handy hinterher. Das Geräusch seines Eintauchens in das Wasser war lauter als das des Akkus. Er schaute sich noch einmal um, aber auch dieses Mal hatte niemand Notiz von ihm genommen.

6

Stefanie betrat den Betrieb erheblich früher als gewohnt. Draußen war es noch dunkel und die hell erleuchteten Labore im ersten und zweiten Stock zeugten von dem pünktlichen Arbeitsbeginn der anderen Abteilungen. Die Labors der Biologieabteilung waren, bis auf eines, noch dunkel. Kurz überlegte sie, wie das wohl auf die anderen Abteilungsleiter wirken musste. Hatte sie ihre Angestellten nicht gut genug im Griff. „Der frühe Vogel fängt den Wurm", tönte die Stimme ihres Vaters aus dem Off. „Der frühe Wurm wird gefressen", hatte sie ihm damals mit nicht einmal zwölf Jahren geantwortet. Außerdem, glaubte sie etwa, dass sich ihre Stellung im Haus wirklich verbesserte, nur wenn ihre Angestellten vor acht zur Arbeit erscheinen würden? Sie hatte so oder so nicht die geringste Chance, bei den anderen Abteilungsleitern. ‚Viel Feind, viel Ehr!', dachte sie sich und schloss die Tür auf. Ihre Leute waren gut und sie arbeiteten mindestens genauso viel wie die der anderen Abteilungen.

Sie ging in ihr Büro und startete ihren Computer. Erst einmal E-Mails checken. Als sie Outlook öffnete, bereute sie es sofort. Um die 120 neuen E-Mails, schätzte sie. Am liebsten hätte sie das Programm sofort wieder geschlossen. Nachdem sie alle Spams gelöscht hatte, blieben noch mindestens 60 E-Mails übrig, die sie alle früher oder später würde beantworten müssen.

Sie beschloss, dass die Mails aus ihrer eigenen Abteilung erst einmal warten konnten. Wenn es wirklich etwas Wichtiges war, würde schon irgendjemand kommen und drängeln. Einige Projektpartner hatten ihren Beitrag zu einem Antrag angemahnt. Sie überflog die Mails, druckte sie aus und legte sie auf den ‚to do'-Stoß mit dem Thema Antrag. Sie druckte auch die restlichen Mails aus und sortierte sie nach ihrer Wichtigkeit.

Christoph hatte ihr gestern gesagt, dass er heute nur bis zwölf bei Amelie bleiben könnte. Er hätte eine Besprechung, und die würde den ganzen Nachmittag dauern. Also hatte sie sich den Wecker auf sechs Uhr gestellt, sich aus dem Bett geschält und war, ohne groß zu frühstücken, in den Betrieb gefahren. Jetzt lechzte sie nach einem Kaffee.

Christoph und sie hatten sich am Abend zuvor noch verquatscht. Nachdem die Polizei gegangen war, und sie Amelie ins Bett gebracht hatten, hatte er sie doch tatsächlich gefragt, wie das damals gelaufen war mit Amelie. Und natürlich war das nicht mit einem Satz zu erklären gewesen. Zusammen hatten sie fast zwei Flaschen guten Wein geleert und waren dann ziemlich angeschickert im Bett übereinander her gefallen. Alles in allem ein wirklich schöner Abend, der sich nun jedoch in tiefer Müdigkeit niederschlug.

Sie lief hinunter zum Sozialraum, um sich den ersehnten Kaffee zu holen. Als sie an einem der Büros vorbei kam, hörte sie Robert sagen: „...Na für Stefanies Verhältnisse könnte man das ja fast für ein Kompliment halten. Du weißt doch, solange sie dir nicht sagt, dass du ein unfähiger Idiot bist, ist sie mit deiner Arbeit zufrieden."

Sie konnte es wirklich nicht gut leiden, wenn jemand hinter ihrem Rücken über sie redete. Das hieß, so lange sie nichts davon mitbekam, war es ihr eigentlich egal. Aber wegen der durchzechten Nacht war sie heute sehr dünnhäutig.

Mehr in der Absicht, Robert zum Schweigen zu bringen als um ihn zu beschämen, betrat sie kurzerhand das Büro. Robert vollendete seinen Satz, drehte sich dann zu ihr um und sagte, ohne, dass es ihm auch nur im Geringsten peinlich zu sein schien: „Morgen Steff. Wenn man vom Teufel spricht."

Außer Robert waren nur Klaus und Katja im Raum, die Beide etwas verschämt dreinblickten. Da Stefanie nicht wusste, was sie darauf antworten sollte, ohne aus ihrer Rolle zufallen, sagte sie nur. „Bin heute nur bis halb zwölf im Betrieb. Klaus, du kommst bitte um 10:30 Uhr hoch in den Besprechungsraum und bringst die Unterlagen von Kling-Projekt mit. Und schick' bitte Sonja hoch, wenn wir fertig sind. Sie weiß schon warum." Sie sah im Augenwinkel Roberts erwartungsvollen Blick und sagte ohne ihn eines Blickes zu würdigen: „Deine Sachen, Robert, hab' ich noch nicht gelesen und ich werde auch weder heute, noch morgen dazu kommen." Sie wusste, dass er jetzt ein genervtes Gesicht machen würde. „Solltest du heute oder morgen Langeweile haben, könntest du an unserem Paper weiter schreiben. Aber gib' es dann bitte erst mal Katja zum Korrekturlesen. Ich habe keine Lust meine Zeit und meine Nerven mit deinem dilettantischen Englisch oder deiner Rechtschreibschwäche zu verplempern."

Sie sah, wie Roberts Gesichtszüge entgleisten. Nun, das war nicht nett gewesen, dachte sie sich im Hinausgehen, aber jetzt war wenigstens wieder klar, wer hier der Chef war.

„Wir haben das Fahrrad. Vom Handy noch immer keine Spur!". Die junge Kollegin mit Migrationshintergrund, deren Namen er sich einfach nicht merken konnte, kam am nächsten Morgen mit einem Blatt Papier in Marios Zimmer. „Eben kam ein Mann zu uns, der sagte, er habe kurz nach dem Mord ein Fahrrad gefunden, dass auf einem Parkplatz, nicht unweit vom Tatort, abgestellt worden war. Als er nach mehrmaligem Rufen und einer Wartezeit von mindestens 20 Minuten niemanden habe entdecken können, habe er es in seinen Transporter geladen, um es, so sagt er, bei der Polizei abzugeben. Warum das so lange gedauert hat, konnte er nicht so richtig begründen. Wir haben aber seine Adresse und seine Telefonnummer, und soweit wir das überblicken können, gibt es zwischen ihm und dem Opfer keine Berührungspunkte."

Mario nahm den Zettel entgegen und dankte seiner Kollegin. „Ich hab das Foto hier vergrößern lassen. Schmucke Burschen, soll ich Ihnen von Mike ausrichten lassen." Mario sah sich das Foto an. Schmucke Burschen, O.k., wenn man auf Uniformen stand. Seine Kollegin ging zur Tür. Sie werde sich melden, wenn es wieder etwas Neues gäbe, sagte sie und verließ sein Büro. Die Männer auf dem Foto waren alle zwischen achtzehn und fünfundzwanzig. Nur Herr Schneider in der Mitte war deutlich älter. Sie trugen einen kurzen Militärschnitt und standen stramm wie vor einem Erschießungskommando. Doch ihre Blicke waren stolz,

155

nicht etwa ängstlich. Mario nahm den Telefonhörer und wählte die Nummer einer Kollegin. „Hallo, hier ist Mario. Könntest du bitte herausbekommen, in welcher Kaserne Herr Schneider gedient hat, und mir einen Gesprächspartner für heute Nachmittag organisieren? Irgendjemand, der schon länger dort dient. Danke." Er legte auf und wendete sich wieder seiner Arbeit zu.

Mario las gerade die Akten, die er von Schneiders Wohnung mitgenommen hatte. Irgendwie erinnerte ihn das alles an die Zeit nach ‚der Wende'. Damals hatte der Staatsschutz die einmalige Gelegenheit gehabt, die Notizen der Staatssicherheit einzusehen, und sie hatten einiges über westliche Aktivisten der linken Szene und so genannte ‚Bürgerrechtler' erfahren, was sie selbst mit intensiver Recherche nicht ohne weiteres gefunden hätten. Konfrontiert mit den Methoden der Stasi hatte er das erste Mal zu zweifeln begonnen, ob er in der richtigen Abteilung arbeitete. Er hatte es damals nicht gern getan und nun musste er schon wieder so einen Dreck lesen, den irgendein krankes Gehirn zu Papier gebracht hatte.

Zunächst hatte er jede Akte mit verschiedenfarbigen Post-its beklebt und auf den jeweiligen Stapel gelegt. Grün hieß, dass die Person im Rahmen der Ermittlungen schon befragt worden war und dass diese bisher eindeutig nicht zu dem engeren Kreis der Verdächtigen gehörte. Gelb waren die Akten derer markiert, die bisher nicht befragt worden waren, die er nach Durchsicht der Notizen von Herrn Schneider gegebenenfalls befragt werden sollten. Hier waren auch einige Personen aufgeführt, die nicht zur Belegschaft des Betriebs zählten. Zu guter Letzt waren alle diejenigen auf dem roten Stapel gelandet, die befragt worden waren, die man aber nach Durchsicht der Akten noch einmal näher unter die Lupe würde nehmen müssen. Mario war sich klar darüber, dass der grüne Stapel der heikelste Punkt in seiner Systematik war. Wenn er hier etwas übersah, konnte der ganze Ermittlungserfolg in Gefahr sein.

Robert hatte direkt nach Stefanie das Zimmer verlassen. Nun stand er draußen und rauchte, um sich wieder in den Griff zu bekommen. Wut und Scham wechselten sich ab. Er war froh, dass er hier seine Ruhe hatte. „Und schlagartig kann ich Schneiders Mörder verstehen!", hätte er ihr antworten sollen. Die besten Antworten kamen einem immer erst später.

Das Schlimme war, ein Teil in ihm gab Stefanie durchaus Recht. Wie konnte jemand, der nicht einmal die Grundzüge der deutschen Rechtschreibung beherrschte, auf die absurde Idee kommen, einen Doktor machen zu wollen. Wie hatte ein Professor an der Uni vor 30 Kommilitonen gesagt? „Am besten gehen Sie noch mal in die Grundschule, die bringen Ihnen dann erst mal richtig Schreiben bei." Das Problem war, dass nicht einmal das etwas nützen würde. Über mehrere Jahre hinweg hatte seine Mutter mit ihm fast jeden Tag ein Diktat geschrieben. Und jedes Mal hatte das Drama sein Lauf genommen, ohne, dass er irgendetwas hätte dagegen tun können. Sie hatte es mit allem versucht. Verständnisvoll hatte sie ihm die Regeln zum hundertsten Mal erklärt, wütend hatte sie ihn aufgefordert sich endlich einmal zusammen zu reißen, sie hatte ihn Wörter zwanzig Mal hintereinander schreiben lassen, hatte Belohnungen versprochen und mit Strafe gedroht. Aber am Schlimmsten war, wenn er merkte, dass sie sich einfach nur für ihn schämte.

Sein anderes Ich, das schon immer gern Geschichten geschrieben hatte, beruhigte ihn mit wohltuender Ignoranz. Wozu war Rechtschreibung überhaupt gut? Es gab wirklich wichtigeres auf Erden als die korrekte Schreibweise von z.B. Charakter. Karakter verstand auch jeder, vor allem, wenn er oder sie einen besaß. Und wenn die verdammten Dippelesschisser und Spießbürger sich gerne an einer korrekten Schreibweise Einen runter holen, sollten sie es doch tun. Ihn aber sollten sie damit in Frieden lassen. Kreative Köpfe waren schon immer etwas schwer in Normen zu pressen gewesen. Ihn störte es nicht, wenn die Anderen korrekt schrieben. Was störte sie es, wenn er es nicht tat?

Er wurde langsam wieder etwas ruhiger. Sein trotziges Ich, dem er es verdankte, trotz der Legasthenie niemals aufgegeben zu haben und dort zu sein, wo er heute war, gewann wieder die Oberhand. Er musste sie einfach alle abfahren lassen. Er brauchte nun einmal ab und an Hilfe, na und? Das brauchten andere, die andere Defizite hatten, auch. Er wusste schon länger, dass Stefanie in Beziehung Rechtschreibung spießig war. Aber auch er konnte eklig sein, wenn sie das unbedingt wollte. Die würde sich noch umschauen. Nie wieder würde er ihr einen Gefallen tun. Wenn sie auf seine Arbeit keinen Wert legte...

Er wusste nicht, wie oft er sich diesen Satz schon gesagt hatte.

Silke betrat das Zimmer. Sie musterte Marios Stapel und die bunten Post-its und schaute ihn dann an. "Soll ich dir helfen? Oder willst du deinen Voyeurismus allein ausleben?", fragte sie und zog sich einen Bürostuhl heran. Mario zeigte auf die Stapel vor ihm. „Die Entscheidung liegt bei dir. Willst du moralisch sauber bleiben, oder willst du eintauchen in ein Meer von kleinen, hässlichen und vor allem zweifelhaften Details, die uns zu 99% nicht das Geringste angehen." Silke angelte sich eine der grün markierten Mappen, schlug sie auf und überflog die Seite. Sichtlich verwirrt schlug sie die Mappe wieder zu und sagte: „Kannst du mir sagen, wer so was krankes aufschreibt? Und wenn du es mir erklären können solltest, kannst du mir bitte garantieren, dass so etwas über mich nicht existiert?" Mario ging davon aus, dass diese Frage rhetorisch gemeint war. Auch Silke wusste, dass er beim Wechsel zur Kripo hatte unterschreiben müssen über seine Arbeit beim Staatsschutz mit niemand zu reden.

Er erklärte Silke das System. „Die grün Gekennzeichneten wollte ich als erstes durchgehen. Wenn bei ihnen ein potentielles Motiv auftaucht bekommen sie ein rotes Post-it." Silke nahm noch einmal die oberste Mappe in die Hand. „Dann lass uns mal anfangen. Ich bin bereit meine moralische Unschuld zu verlieren."

Mario hatte Michael gebeten, sich einmal an Herrn Schneiders Arbeitsplatz, speziell in dessen Computer umzusehen. Jetzt lief dieser durch das Betrieb und suchte einen der Herren Administratoren. Außerdem hatten er und seine Kollegen in Herrn Schneiders Haus dessen

Schlüsselbund gefunden, und Michael ging davon aus, dass einer der Schlüssel wohl auch für die Schreibtischschublade des Opfers passen würde, von der Silke ihm erzählt hatte.

„Mike?", hörte er plötzlich eine ungläubige Stimme hinter sich. Vor ihm stand Benjamin in weißem Kittel und mit einem Plastikbehälter in der Hand. Auch Michael war etwas erstaunt, seinen Bekannten hier zu sehen. Benjamin zog einen Plastikhandschuh aus und gab ihm die Hand. „Kann ich dir irgendwie helfen?" Da es nicht unbedingt üblich war, an den Orten, an denen sie sich normalerweise trafen, über den eigenen Beruf zu sprechen, konnte Benjamin nicht wissen, dass Michael bei der Spurensicherung arbeitete. Michael beschloss, es ihm einfach zu sagen. Benjamin war sichtlich überrascht über seine Berufswahl. „Stell ich mir nicht einfach vor in deiner Situation.", kommentierte er seine Antwort. Mike lächelte etwas unsicher. „Die meisten wissen nicht, wie ich so drauf bin. Und die, die es wissen, haben damit keine Probleme. Und du arbeitest hier in dem Laden? Kanntest du das Opfer?" Benjamin stellte den Plastikbehälter ab, der offensichtlich auf Dauer etwas schwer wurde. „Natürlich kannte ich Herrn Schneider, das hab' ich aber alles schon deinen Kollegen erzählt." Ein etwas peinliches Schweigen entstand. Michael wurde auf einmal klar, dass sie Beide auf zwei verschiedenen Seiten standen. Als hätte Benjamin dasselbe gedacht, konterte er mit der Gegenfrage. „Seid ihr schon weiter mit der Tätersuche?" Mike überlegte kurz, entschloss sich dann aber die Gelegenheit eines persönlichen Kontakts in dieses Haus für die Ermittlungen zu nutzen. „Das gestaltet sich alles andere als einfach. Momentan haben wir eher zu viele Verdächtige. Mal ganz abgesehen davon, dass das freundliche Wesen eures Herrn Schneider wohl nicht immer zu tiefen Freundschaften geführt hat, scheint er zusätzlich noch eifrig Informationen über deine Kollegen hier gesammelt zu haben. Wir sind jetzt erst mal damit beschäftigt, diese Informationen zu sichten." Benjamin schien sichtlich überrascht. „Was für Informationen?" Mike war sich durchaus darüber im Klaren, dass er darüber besser nichts sagen sollte. Wenn hinter diesen Informationen ein Motiv stand, war dem Täter mit dieser Aussage klar, dass sie ihm auf den Fersen waren. Andererseits kannte er Benjamin schon eine ganze Weile und irgendwie fand er auch, dass es das Recht der Leute hier war, zu wissen, dass Schneider Akten über sie geführt hatte.

„Ich habe selbst in keine hineingesehen. Aber Mario Palazzone, du hast ihn ja sicher kennen gelernt, sagte etwas von privaten Details. Ob jemand zu viel trank, zum Beispiel, oder ob jemand pünktlich zur Arbeit kam oder so." Benjamin schaute ihn mit großen Augen an. Als er das fassungslose Gesicht von Benjamin sah, setzte er schnell hinterher. „Keine Angst, die Kripo sucht nur Mörder, andere Leichen im Keller interessieren Mario nicht. Und wenn ich ihn richtig verstanden habe, hat Schneider mehr Gerüchte gesammelt als Tatsachen." Die Aussage schien Benjamin nicht wirklich zu beruhigen. Wieder entstand eine unangenehme Pause.

„Dürft ihr das?", fragte Benjamin. „Ich mein, ihr lest diesen kranken Unsinn, den irgendjemand aufgeschnapt oder phantasiert hat, und die Leute können sich noch nicht mal dazu äußern?" Mike konnte Benjamin irgendwie verstehen. Nun hatte er das Gefühl, sich verteidigen zu müssen. Als Mann von der Spurensicherung hatte er schon in einigen privaten Details herumgewühlt, die weit außerhalb dessen lagen, was Benjamin sich würde vorstellen können oder wollen. „Das ist unser Job, Benjamin, wir müssen in solchem Dreck rumwühlen. Wie sollen wir sonst die Täter finden." Langsam wurde ihm das Gespräch unangenehm. Er machte seinen Job gerne, aber darüber mit jemanden zu reden, der selbst davon betroffen war, war kein angenehmes Gefühl. „Und wenn wir glauben, irgendetwas gefunden zu haben, recherchieren wir natürlich erst noch mal selbst, bevor jemand wirklich verdächtigt wird."

Der letzte Satz schien Benjamin auch nicht besser zu gefallen. Er schüttelte leicht den Kopf. „Das ist doch krank. Ich mein, dass Herr Schneider private Informationen sammelte. Was zum Teufel wollte er damit?" Mike war froh, dass Benjamin von ihm und seinem Beruf abschweifte. Mit sehr sachlichem und, wie er hoffte, professionellem Ton fuhr er fort. „Meistens geht es da um Macht, wenn jemand so was tut." Wieder entstand eine Pause. Benjamin schien nachzudenken. „Entschuldige, Mike, aber die Vorstellung, dass jemand in meinem Privatleben rumschnüffelt, finde ich echt gruselig. Und da ist mir es ehrlich gesagt auch egal, ob das ein Herr Schneider, oder ein Herr Palazzone ist. Privates ist eben privat." Mike nickte. „Bei nem Mord ist das halt mal so. Sobald wir den Schuldigen haben, werden die

Akten von allen anderen für immer geschlossen. Wie gesagt, wir sind weder von der Steuerfandung noch von der Sittenpolizei. Wie suchen nur nach einem Motiv. Und wenn es dich beruhigt, ich selbst werde die Akten nicht einsehen."

Mike konnte nicht sagen, ob Benjamin das beruhigend fand. Trotzdem hatte er es ihm mitteilen wollen. Er hatte keine Lust, dass, wenn sie sich das nächste Mal begegneten, dieser dachte, er hätte die Akten des Herrn Schneider gelesen. Benjamin antwortete nichts darauf. Schließlich fragte Mike Benjamin nach den Administratoren, dann verabschiedeten sie sich. Gedankenverloren lief er in den dritten Stock. Er konnte Benjamin wirklich verstehen. Bei ihm auf der Wache wussten zum Beispiel nicht alle, dass er schwul war. Und obwohl er selbst grundsätzlich schon lange kein Problem mehr damit hatte, homosexuell zu sein, bevorzugte er es trotz allem, selbst zu entscheiden, wem er es sagte, und wem nicht.

Ali Dogan hatte alles mit angehört. Er stand in der Männerumkleide und machte kein Geräusch. Informationen über sie alle? Da würden einige im Haus ganz schön ins Schwitzen kommen. Herr Kern zum Beispiel, der sich immer oben am Chemikalienschrank bediente. Frau Klein, die sich Tagsüber mehr mit e-Bay beschäftigte, als mit ihrem eigentlichen Job. Herr Wetzel...

Erst als zweiter Gedanke kam Ali, was Herr Schneider wohl über ihn selbst hatte wissen können. Es würde unangenehm werden, wenn Schneider in seiner Vergangenheit gewühlt hatte. Nicht, dass er sich etwas vorzuwerfen hätte. Soweit er wusste, waren alle seine kleinen Geschäfte legal gewesen. Und noch weiter zurück? Wie hätte Schneider davon erfahren sollen. Trotzdem, ein ungutes Gefühl blieb.

Wie immer, wenn er eine Neuigkeit erfahren hatte, wollte er das Gehörte jemandem erzählen. Sein Gehirn überschlug sich förmlich in Spekulationen. Aufgeregt verließ er die Umkleidekabine und suchte nach jemand, mit dem er über alles reden konnte. Wenn das wirklich wahr war... Oh, das würde aber einigen nicht passen. Er schaute in die Zimmer. Die Doktoranden kannte er nicht gut genug. Im Labor war eindeutig zu viel los. Er merkte, wie der Druck in ihm anstieg. Informationen, über alle hier. Das war ne Bombe. Die Herren Doktoren...die würden auch nicht begeistert darüber sein. Was wusste Schneider von ihm über die Zeit, bevor er nach Deutschland gekommen war? Hatte er ihm jemals darüber etwas erzählt? Die arme Kleine, die immer nach dem Essen kotzen ging, Herr Saier und Frau Kraft...

Aufgeregt wie er war hatte er gar nicht gemerkt, dass er zu der Tür gelaufen war, die zu der Raucherecke führte. Durch die Glasscheibe konnte Ali sehen, dass Klaus vor der Tür stand und eine rauchte. Klaus mochte er. Der war immer nett zu ihm. Und er konnte gut zuhören, wenn er einmal etwas auf dem Herzen hatte. Er kramte seine Zigaretten heraus und ging nach draußen.

Silke schüttelte den Kopf. Sie legte die Akte beiseite und stand auf. Seit Stunden lasen sie Schneiders Notizen. „Also ich hab' nichts gefunden, was auf ein Motiv hindeuten könnte. Außer vielleicht der Tatsache, dass jemand solche Akten anlegt." Auch Mario legte seine

Mappe zurück auf den grün markierten Stapel. Neben Affären zwischen Kollegen und Kolleginnen und einem Kandidaten, der regelmäßig größere Mengen destilliertes Wasser, Einweghandschuhe und Haushaltschemikalien für den Eigenbedarf mitzunehmen schien, hatten sie erfahren, wer in dem Betrieb ein Alkoholproblem hatte, wer lieber eine rauchte, statt zu arbeiten und wer überdurchschnittlich oft krank machte. Bei einigen Details fragte er sich, woher Schneider seine Informationen bezogen hatte. Bei einem Kollegen stand: Leidet an Spielsucht, hat Schulden auf der Bank. Bei einer anderen Kollegin: Hat in ihrer Jugend als Go-Go-Tänzerin gearbeitet. Und wie bitte hatte er herausbekommen, dass der Vater der kleinen Amelie nicht bekannt war. Silke unterbrach ihn in seinem Gedankengang. „Willst du auch nen Kaffee? Ich spring grad mal rüber zum Automaten." „Ja, danke!", antwortete er ihr geistesabwesend.

Aber Silke hatte Recht. Nichts von dem, was er gelesen hatte, war als echtes Tatmotiv brauchbar. Außerdem bezweifelte er, dass irgendjemand von Schneiders Recherchen gewusst hatte. Völlig genervt nahm er sich die nächste Akte vor. Er las gerade von einer Affäre zwischen einer Sekretärin und ihrem Chef, als Silke mit dem Kaffee kam. „Lass uns die Typen von der Bundeswehr mal interviewen. Da ist für uns ein Termin klar gemacht worden. Wir können jederzeit hin, wenn wir wollen.", sagte sie und reichte ihm den Kaffee. Dankbar für die Unterbrechung nahm er einen Schluck. „O.K., vielleicht kommen wir so einen Schritt weiter.", sagte er.

Christoph war früher als erwartet nach Hause gekommen, und Stefanie hatte ihn gebeten, Amelie ins Bett zu bringen. Einer von ihrer Samstaggruppe hatte angerufen und gefragt, ob sie mit ihm ein Bier trinken gehen würde. Das konnte nur heißen, dass es etwas zu besprechen gab, was man besser nicht laut am Telefon sagte. Also hatte sie ihr Handy zu Hause gelassen und fuhr in die Stadt. Da sie wusste, dass sie nach der gestrigen Nacht sowieso kein Bedürfnis nach Alkohol haben würde, nahm sie das Auto, auch wenn die Parksituation in Heidelberg grundsätzlich katastrophal war. Aber heute war ihr das egal. Zu müde fürs Fahrrad und zu bedürftig nach Ruhe, die sie in der Straßenbahn nicht hatte, ging sie lieber das Risiko eines Knöllchens ein, als sich irgendwo stehend oder fahrend den Arsch abzufrieren.

Sie hatten sich im 'Kleinen Mohren' verabredet. Und da saß sie nun und wartete auf Tomate.

Als er schließlich kam, hatte sie schon ihren ersten Cappuccino getrunken. „Hi Steff!", begrüßte er sie. Er bestellte sich ein Weizen und holte ein Paar Zeitungsausschnitte aus dem Rucksack. „Was auch immer die Bullen dir erzählen wollen, da hat es nicht den Falschen getroffen. Das hier sind Zeitungsausschnitte, über die Gerichtsverhandlung. Ließ es dir einfach in Ruhe durch." Steff schaute auf die Bilder. Schneider war darauf in Uniform zu sehen, im Hintergrund standen ein Paar Leute mit einem Transparent. „Wie lang ist das her?", fragte sie, ohne das Foto aus den Augen zu lassen. „Keine zehn Jahre", antwortete ihr Tomate. Steff schloss die Augen. Konnte das sein? Er hatte sich natürlich verändert, sogar sehr, aber nicht so sehr, dass sie ihn auf dem Foto nicht auf Anhieb wieder erkannt hätte. Aber was hatte er vor zehn Jahren mit Schneider zu tun gehabt? Und vor allem, warum hatte er das niemals erwähnt?

Tomate erzählte ihr alles, was in dem Artikel stand. Stefanie hörte nur halb zu. Das war alles völlig unlogisch, das konnte gar nicht sein.

„Wir waren nicht gerade unglücklich, als er nicht noch einmal verlängerte." Vor ihnen saß ein Herr in Uniform. „Verstehen Sie mich nicht falsch. Herr Schneider war ein sehr guter Ausbilder. Aber nach der Geschichte mit dem Jungen... Ehrlich gesagt waren wir uns danach nicht mehr sicher, ob..." Er vollendete den Satz nicht. Mario und Silke schauten ihn erwartungsvoll an. Silke hakte nach. „Was war das für eine Geschichte mit dem Jungen?" Der Oberst, Leutnant oder Oberstleutnant sah sie mit festem Blick an. Sie wartete, ob er mit den Augen zucken würde, aber seine blauen Augen ruhten auf ihr, als wolle er sagen, dass sie das eigentlich nichts angehen würde. „Ein junger Mann, der offensichtlich die Frist verpasst hatte, zu verweigern. Er war hier, um seine Grundausbildung abzuleisten. Er machte vom ersten Tag an Schwierigkeiten, weigerte sich in Reih und Glied zu laufen, hielt sich nicht an die formale Anrede und war nicht fähig seinen Spind in Ordnung zu halten. Es dauerte keine drei Tage, da war er Herrn Schneiders ‚persönlicher Liebling'. Schneider versuchte ihm seine Disziplinlosigkeit auszutreiben. Der Junge hielt sich weiter an keine Regel. Gespräche führten zu nichts. Schneider steckte ihn in den Bau, aber auch das half nichts. Die Geschichte endete tragisch. In wie fern eine Vorerkrankung vorgelegen hatte wissen wir nicht, aber der Junge erhängte sich in der Stube."

Silke war sich nicht sicher, was sie dazu sagen sollte. Mario fand zuerst seine Sprache wieder. „Herr Oberstleutnant, wie hat Herr Schneider darauf reagiert?" „Er war schockiert, wie wir alle.", bekam er zur Antwort. „Was sagten die Angehörigen dazu?" Der Oberstleutnant öffnete eine Akte, die vor ihm lag. „Da Ihre Kollegin mir am Telefon sagte, worum es in diesem Gespräch gehen sollte, habe ich mir erlaubt die Akte herauszusuchen. Sie können sie gerne einsehen, mitgeben kann ich Ihnen allerdings nicht. Zu Ihrer Frage zurück. Die Eltern versuchten die Bundeswehr, speziell Herrn Schneider, zu verklagen. Wir konnten aber vor Gericht nachweisen, dass der Junge mit normalen Disziplinierungsmaßnahmen belegt wurde, und dass Herrn Schneider keine Schuld traf. Die Sache verlief letztendlich im Sande." Er reichte ihnen die Akte, Mario schrieb den Namen des Jungen auf und blätterte dann noch etwas in den Seiten. Silke schaute ihm über die Schulter. „Wie reagierten seine Kameraden? Gab es jemanden, der sich den Tod besonders zu Herzen nahm?" Der Oberstleutnant schüttelte mit dem Kopf. „Der Junge war nicht gerade beliebt bei der Truppe. Es war vom ersten Tag an klar, dass er mit niemandem etwas zu tun haben wollte." Silke ließ nicht locker. „Könnten wir vielleicht eine Liste der Männer haben, die mit ihm zusammen die Grundausbildung begonnen haben?" „Da müssten Sie an das Kreiswehrersatzamt schreiben. Ich sage ihnen aber gleich, das sind eine ganze Menge." Mario hatte sich noch ein paar Notizen gemacht und gab die Akte dem Oberstleutnant zurück.

Der Oberstleutnant lehnte sich in seinen Sessel zurück und verschränkte die Arme. „Wenn Sie keine weiteren Fragen haben, würde ich Sie bitten zu gehen. Ich bin ein beschäftigter Mann. Natürlich können Sie mich jederzeit anrufen, wenn noch Unklarheiten auftauchen."

Mario und Silke verließen die Kaserne. Silke rauchte erst einmal eine Zigarette. „Bin ich froh, dass ich nicht zum Bund musste.", sagte sie tief inhalierend. „Ich möchte gar nicht wissen, was damals wirklich abgegangen ist. Jedenfalls stellt es bisher das beste Motiv dar, das wir haben. Und es erklärt, warum Schneider nicht einfach nur getötet wurde. Das eigene Kind oder den eigenen Bruder in den Tod getrieben. Ich weiß nicht, ob ich da nicht auch mit Selbstjustiz liebäugeln würde." Mario schaute auf seine Notizen. „Was mich stört, ist die Zeit. Mein Gott, es sind Jahre seitdem vergangen. Erledigt man so was nicht gleich, wenn die Wut und die Trauer noch frisch sind?" Silke überlegte. Da hatte er Recht. Auch ihr war nicht klar, warum jemand so lang warten sollte. Mario steckte sein Notizbuch in seine Jackentasche „Ist langsam Zeit für Feierabend. Kannst du den Wagen ins Präsidium mitnehmen?" Silke sah ihn fragend an. „Und wie kommst du nach Hause?" „Es wäre nett, wenn du mich unterwegs absetzen würdest. Ich möchte noch etwas laufen und ich glaube, ich könnte nen Grappa gebrauchen." Silke sah ihm mit tadelndem Blick an, verkniff sich aber, etwas über seinen Alkoholkonsum zu sagen. „Geht klar, ich hoffe, du bist warm angezogen. Sag' einfach wo ich dich absetzten soll."

Marie Vagas konnte es wieder einmal nicht fassen. Die OEG hatte eben gehalten, und als sie nun die Tür sah, durch die sie sich und Sebastian hieven sollte, war ihr sofort klar, dass sie das ohne fremde Hilfe unmöglich würde schaffen können. Sie stellte sich auf die zweite Stufe und versuchte den Rollstuhl ins Innere des Zuges zu ziehen. Sebastian wog mittlerweile um die 50 Kilo und, was früher noch problemlos ging, brachte sie mittlerweile an ihre Grenzen. Obwohl sie mit aller Kraft zog, waren die Stufen einfach zu steil. Auf einmal stand ein Mann vor dem Rollstuhl. „Moment, ich helfe Ihnen.", sagte er und bückte sich, um oberhalb der Räder an Sebastians Rollstuhl zu greifen. Gemeinsam schafften sie es, den Rollstuhl in den Waggon zu befördern. Marie zog die Bremsen an und setzte sich so, dass sie und Sebastian möglichst wenig im Weg standen. Die Leute gafften oder trauten sich nicht, direkt hin zu sehen. Der Mann stellte sich neben sie. „Danke!", sagte sie. Der Mann lächelte. Er schaute erst sie, dann Sebastian an. Sie war es gewohnt gemustert zu werden. Doch im Gegensatz zu den mitleidig, unsicheren Blicken, die sie sonst erntete, schaute dieser Mann interessiert und freundlich. „Ihr Sohn ist wirklich ein goldiger und hübscher Kerl!", sagte er.

Marie wusste nicht, was sie sagen sollte. Sie sah ihn verwundert an. Natürlich war Sebastian goldig, natürlich war Sebastian hübsch, aber bisher hatte sie immer gedacht, dass man das erst wahrnahm, wenn man ihn

170

besser kannte. Der Mann lachte und sagte so laut, dass es die neugierig schauenden Mitfahrenden verstehen mussten. „Ich denke mir, dass er dieses Kompliment nicht oft bekommt. Aber nehmen Sie es den Leuten nicht krumm. Alles was nicht der Norm entspricht, macht erst einmal Angst." Sie lächelte. Alle Blicke, die sich zuvor auf sie gerichtet hatten, schauten jetzt aus dem Fenster.

Der Mann ging in die Hocke und war so mit dem Kopf etwa auf Sebastians Höhe. „Na Großer? Macht es Spaß, das Straßenbahn fahren?" Sebastian wackelte fröhlich. Wer ihn nicht kannte, hätte meinen können, er stimme dem Mann zu. Marie hatte das Gefühl, den Mann aufklären zu müssen, um ihn nicht zu enttäuschen. „Er versteht Sie nicht", sagte sie deshalb. Der Mann lächelte sie wieder an. „Ich denk' schon, dass er mich versteht. Vielleicht nicht meine Worte." und mit einem Augenzwinkern: „Was sind schon Worte?" Marie wusste nicht, was sie sagen sollte. Doch der Mann schien keine Antwort zu erwarten. Er richtete sich wieder auf. „Ich könnte wetten, dass der Große sterben würde für ein leckeres Eis. Obwohl das Wetter wirklich nicht so passend erscheint." Er lächelte wieder mit einem Zwinkern. „Würde Sie es stören, wenn ich ihm einen großen Eisbecher ausgeben würde?" Es war nicht das erste Mal, dass jemand wildfremdes ihr Geld für den Jungen zugesteckt hätte. Aber mit diesem Mann war das irgendwie etwas anderes. Sie schüttelte mit dem Kopf. Der Mann langte in seine Hosentasche und zog einen Zehn-Euro-Schein aus der Tasche. „Es würde mich freuen, wenn Sie sich auch noch einen guten Cappuccino leisten würden. Ich hab das Gefühl, Sie könnten so etwas gebrauchen.", sagte er, ohne dass es seltsam klang. Sie nahm das Geld und sagte kaum hörbar „Danke!" „Sie machen mir eine Freude. Ich muss hier aussteigen. Glauben Sie, Sie schaffen es nachher alleine?" Marie lächelte jetzt auch. „Raus ist weniger schlimm als rein." Der Mann drückte den Türöffner. Bevor er die Bahn verließ, rief Marie ihm noch hinterher. „Danke noch mal, Sie haben heute meinen Tag gerettet, und Sebastian bedankt sich für das Eis." Er nickte nur und verließ die Bahn.

Mario stolperte aus dem Cafe. Nach Jahren des schlechten Kaffees mit Sahnehäubchen hatte endlich der italienische Cappuccino auch hier in Heidelberg Einzug gehalten. Nur das Einschenken des Grappas hier hatte immer noch nichts mit italienischen Verhältnissen zu tun. Er würde sich nie daran gewöhnen, dass das Glas bis zum Eichstrich eingeschenkt war. Gab es in Italien Eichstriche? Sie waren ihm zumindest bisher nicht negativ aufgefallen.

Mittlerweile regnete es. Das war untertrieben. Es goss in Strömen. Er zog die Lederjacke bis oben zu und eilte die Hauptstraße entlang. Als er die Untere Straße entlang lief kam er am ‚Kleinen Mohr' vorbei und beschloss, doch lieber noch etwas trinken zu gehen, bevor er sich endgültig auf den Nachhauseweg machte. Er öffnete die Tür und stieß beinahe mit Stefanie Schäfer zusammen. Beide schauten sich etwas verblüfft an. Dann zeigte ihr Gesicht sofort wieder die lauernden Züge, die er schon so gut kannte. Bevor er irgendetwas

172

sagen konnte, fuhr sie ihn schon an. „Finden Sie nicht, Sie übertreiben es ein wenig? Werde ich jetzt beschattet, oder was?" Mario schüttelte automatisch mit dem Kopf. Das schien sie aber nicht zu überzeugen. „Ich habe Ihren Herrn Schneider nicht ermordet! Und ich kann Ihnen auch sonst nicht weiterhelfen." Sie schnappte nach Luft, aber nur um dann um so lauter fortzufahren. „Ich hab mit dem Ganzen nichts, aber auch gar nichts zu tun!" Mario lächelte. Beim letzten Satz hatte nur noch das wütende Aufstampfen gefehlt, und er hätte sie auf Amelies Alter geschätzt. Sein Lächeln entlockte ihr nur ein wütendes Knurren, dann drehte sie sich um und verließ das Lokal. Mario lief ihr hinterher. „Frau Dr. Schäfer?" Sie drehte sich weder um, noch ließ sie sich anmerken, dass sie ihn überhaupt gehört hatte. Er rannte ein paar Schritte, bis er auf ihrer Höhe war. „Nur zu Ihrer Beruhigung. Das war eben reiner Zufall. Der Regen hat mich in das Lokal getrieben. Schauen Sie mich an, ich bin schon völlig durchnässt." Stefanie schaute ihn nicht an, sie beschleunigte vielmehr ihren Schritt und tat so, als bemerkte sie den Regen gar nicht. Mario hatte ernsthaft Schwierigkeiten, mit ihr Schritt zu halten. Mittlerweile war auch sie durchnässt. Als er wieder ungefähr auf ihrer Höhe war, fragte er. „Sind Sie mit dem Auto da?" Sie stoppte kurz, schaute ihn verständnislos an und lief dann weiter. „Ja, und ich habe keinen Tropfen Alkohol im Blut. Tut mir leid." „Im Gegensatz zu mir.", konnte sich Mario nicht verkneifen. „Ich dachte nur, meine Wohnung liegt direkt auf Ihrem Weg. Vielleicht könnten Sie...". Weiter kam er nicht. Steff sah ihn an, als hätte er nun völlig den Verstand verloren.

„Ich fasse es nicht!", schrie sie wütend. Und zu sich selbst: „Das kann nicht sein Ernst sein." Sie schüttelte mit dem Kopf, als wolle sie sich selbst davon überzeugen, dass das alles nur ein Traum war. Sie gefiel ihm einfach zu gut. „Hören Sie. Ich will ja nicht aufdringlich sein. Aber wenn ich jetzt nach Hause laufe, hole ich mir den Tod." Ihr Blick verriet ihm, dass sie diese Option begrüßen würde. „Ich werde Ihnen keine einzige Frage stellen. Wenn Sie wollen, müssen wir gar nichts reden. Haben Sie Erbarmen mit einem armen Bullen!"

Sie waren mittlerweile ein paar Mal um die Ecke gebogen und an Frau Schäfers Wagen angekommen. Ohne ihm zu antworten schloss sie auf. Er dachte schon, sie würde ohne ein weiteres Wort wegfahren. Da lehnte sie sich über den Beifahrersitz und öffnete die Tür. Mit entnervtem Ton sagte sie: „Steigen Sie ein. Wo wohnen Sie?" Mario erklärte ihr den Weg. Sie schwieg die ganze Fahrt über. Als sie an seiner Wohnung angekommen waren, bremste sie scharf. Mario öffnete die Tür und stieg aus. Ohne ihm die Gelegenheit zu geben, Danke zu sagen, fuhr sie davon.

Die Idee war ursprünglich von seinem Psychotherapeuten gekommen. Die Tatsache, dass er keine Chance auf Gerechtigkeit hatte, dass er und andere in diesem System Leuten wie Schneider immer würde ausgeliefert sein, diese Hilflosigkeit, mit der er diese Ungerechtigkeit einfach hatte hinnehmen müssen, all das hatte ihm nur die Möglichkeit gegeben, seine Aggressionen gegen sich selbst zu richten. Der Schmerz, der in ihm bohrte, schien nur durch andere Schmerzen zu lindern zu sein. Schmerzen, die echt waren, wirklich und rein.

Und dann hatte er ihn das erste Mal besucht. Sein Grab war wirklich schön. Überhaupt war es hier auf dem Friedhof von Hirschhorn ruhig und friedlich gewesen. Wenn er an dem Grab saß, hatte er das Gefühl, als käme eine Hand heraus und tröste ihn. Und die Erde, in der der Körper seines Freundes ruhte, war auf einmal nicht mehr kalt und feucht, sondern warm, weich und einladend.

Doch der rationale Teil in ihm fand die innige Freundschaft mit einem Toten auf Dauer nicht erstrebenswert und den Sog, den ihre gemeinsamen Gedanken entwickelten, gefährlich. Dieser rationale Teil in ihm war es auch, der die erste Stunde mit seinem Therapeuten vereinbarte, und er hatte Glück. Entgegen der Statistik hatte er auf Anhieb den richtigen Therapeuten für sein Problem gefunden.

In den folgenden Wochen erlebte er den ganzen Horror noch einmal. Und sein Therapeut ermutigte ihn schrittweise, seine Aggression der richtigen Adresse zuzuordnen. In einem Spiel durfte er die Ermordung Schneiders bis ins Detail planen. Hier überlegte er, wie er ihn würde sterben lassen. Vor seinem Tod sollte er erfahren, dass keine Institution, kein Rang, nicht einmal seine vermeintliche körperliche Überlegenheit zählten, wenn man auf das Urrecht der körperlichen Gewalt zurückgriff.

Nach einem Jahr Therapie hatte er sich langsam wieder wie ein Mensch gefühlt. Die Abstände zwischen den Selbstverletzungen wurden länger. Das schriftlich festgehaltene Konzept seines persönlichen Triumphes über die Ungerechtigkeit wanderte von seiner Hosentasche in ein kleines Kästchen unter seinem Bett. Er hatte die Therapie abgebrochen und beschlossen, dieser Ausgeburt an Arroganz und Sadismus, diesem Menschen, der seine eigene Unzulänglichkeit nur an Anderen abreagieren konnte, noch einmal eine Chance zu geben. Doch die Unsicherheit, ob dieser diese Chance auch verdient hatte, bohrte sich immer wieder in sein Herz. Aus diesem Grund hatte er sich in seine Nähe begeben, hatte ihn beobachtet. Er hatte wissen wollen, wie dieser sein unwissend neu gewonnenes Leben zu Nutzen vermochte.

Doch nach der scheinbaren Bestätigung seiner Entscheidung, als Schneider seinen Dienst bei der Bundeswehr quittiert hatte, musste er feststellen, dass Schneider ein Mensch war, der keine Institution wie die Bundeswehr brauchte, um andere Menschen zu erniedrigen.

Stefanie lag im Bett. Obwohl sie todmüde war, konnte sie einfach nicht einschlafen. Ob Christoph schon schlief, konnte sie nicht sagen. Er lag neben ihr und atmete in tiefen Zügen. „Christoph? Schläfst du schon?", flüsterte sie vorsichtig. Christoph brummte leise. „Kommt drauf an?" Er drehte sich zu ihr um und schmiegte sich an sie.

Sie setzte sich im Bett auf und machte ihre Nachtischlampe an. Christoph blinzelte sie verständnislos an. „Christoph, ich glaub ich weiß, wer Schneider ermordet hat." Christoph sagte nichts, sondern setzte sich nun selbst auf. „Einer aus meiner Gruppe macht Recherche-arbeit. Er hat mir einen Artikel gezeigt, da ging es um ne Gerichtsverhandlung. Ein junger Mann hat sich wohl, auf Grund massiver Schikane, bei der Bundes-wehr erhängt. Schneider war sein Ausbilder. In der Verhandlung versuchte man, ihm nachzuweisen, dass er den Jungen in den Tod getrieben habe. Schneider wurde aber nicht verurteilt. Sie konnten nachweisen, dass alles ganz normal abgelaufen war, und nur der Junge vermutlich psychisch labil war." Christoph sah sie fragend an. „Und woher weißt du nun, wer ´s war?" Stefanie atmete tief ein. „Bei dem Artikel war ein Foto. Da ist er drauf." „Du willst mir aber nicht sagen, wen du da verdächtigst.", fragte sie Christoph. Stefanie schüttelte mit dem Kopf.

„Christoph, ich weiß nicht, was ich tun soll", sagte sie schließlich. „Ich meine, es ist und bleibt Mord, aber ...", sie zögerte. „Nachdem ich den Artikel gelesen ha-be...irgendwie kann ich ihn auch verstehen." Christoph nahm sie in den Arm. „Bist du dir denn sicher?", fragte er. Wieder schnaufte Stefanie tief. „Irgendwie schon. Ich mein', natürlich kann ich nichts beweisen, aber ich hab' das Gefühl, dass alles irgendwie zusammenpasst." Sie löste sich wieder aus seiner Umarmung und starrte ins Zimmer. „Natürlich würde ich es niemals den Bullen sagen", sagte sie mehr zu sich selbst. „Aber wenn ich das rausbekommen habe, dann werden die das auch bald wissen. Ich mein', vielleicht wäre es sinnvoll, wenn er sich stellen würde. Ich weiß aber noch nicht mal, wie er reagieren würde, wenn ich ihn darauf ansprächte." Christoph musterte sie, und ihr war klar, dass auch er ihr nicht weiterhelfen konnte. „Hast du deinen Jungs was gesagt, oder hast du deine Vermutung für dich behalten?" Mit dem Kopf schüttelnd sagte sie: „Ich hab nichts gesagt. Irgendwie musste ich das selbst erst mal verarbeiten." Christoph rückte etwas näher an sie heran und legte seinen Arm um sie. „Du weißt, eure blöde Geheimniskrämerei geht mir manchmal etwas auf die Nerven. Aber glaubst du nicht, dass die Jungs und Mädels in diesem Fall genau die richtige Adresse wären, um Rat zu suchen? Ich weiß, so heiße Dinger wie Mord sind nicht euer Metier, aber ...", er schien zu überlegen, wie er es sagen sollte. „...wenn sich jemand mit illegalem Krams, Recht und Gerechtigkeit auskennt, dann doch wohl deine Gruppe. Ich schlag dir vor, du triffst dich mit ihnen. Und wenn du willst, frag' ich meine Eltern, ob sie Babysitter machen und komm' mit." Christoph sprach aus, was Stefanie schon die ganze Zeit gedacht hatte. Sie musste mit ihrer Gruppe reden. Nur, ob sie da Christoph mit dabei haben wollte?

In diesem Augenblick öffnete sich die langsam die Tür, und eine völlig verschlafene Amelie stand vor ihrem Bett. Mit großen Augen und weit vorgeschobener Unterlippe sagte sie in fast weinerlichen Ton: „Ich hab' ganz schlecht geträumt, Mama. Chistoooph, darf ich zu euch ins Bett?" Christoph schaute Stefanie kurz an. Sie lächelte und nickte leicht mit dem Kopf. Christoph hob die Decke, so dass Amelie zwischen sie beide kriechen konnte. Er deckte sie zu und nachdem sich Amelie an Steff geschmiegt hatte, löschte er das Licht und nahm sie beide fest in den Arm.

7

Mario und Silke waren nach Hirschhorn gefahren und standen nun vor einem spießigen Einfamilienhaus mit niedrigem Zaun. An der Tür war ein Schild mit einem Pitbull abgebildet, und daneben stand: „Vorsicht, bissiger Hund". Als sie klingelten, hörten sie das laute Kläffen eines Hundes. Kurze Zeit später stand eine Frau um die Sechzig in der Tür, mit einem Rehpinscher auf ihrem Arm. „Sie wünschen?", fragte sie. Mario hielt ihr seinen Ausweis hin und stellte sie beide vor. „Wir sind wegen Ihres Sohnes hier." Die Frau sah sie ungläubig an. „Wir haben keinen Sohn, nur eine Tochter, Isabel." Und als sei es ihr egal, ob es sich um einen Jungen oder ein Mädchen handelte, oder weil sie sich der Situation nicht gewachsen fühlte, drehte sie sich um und rief den Namen ihrer Tochter in die Wohnung. Kurze Zeit später stand eine junge Frau Mitte zwanzig in der Tür. Sie war groß, schlank, fast zerbrechlich, hatte ein blasses Gesicht und schwarzes langes Haar, das rechts und links komplett abrasiert war. In ihren Augenbrauen, der Nase und der Lippe trug sie ein Piercing. Sie war komplett in schwarz gekleidet, und ihre Augen waren in dunklem Schwarz geschminkt. „Guten Tag!", sagte sie in freundlichem Ton. Sie hielt den Kopf etwas schief, lächelte und schaute sie fragend an. „Kann ich Ihnen irgendwie helfen." Diesmal sprach Silke zuerst. „Sind Sie Frau Diel?" Die junge Frau lächelte immer noch. „Wir beide, gewissermaßen. Ich bin Bel, und das ist meine Mutter, Maria Diel. Was wünschen Sie?" Mario streckte zum zweiten Mal seinen Ausweis hin, und im

Gegensatz zu Ihrer Mutter nahm sie ihn in die Hand und betrachtete ihn genau. Dann gab sie ihn zurück. „Wir sind hier, um mit Ihnen über Ihren Sohn, bzw. Bruder Andreas Diel zu sprechen." Die Mutter schaute ihn an, als wäre er der Gehörnte höchstpersönlich. Bel hingegen öffnete die Tür und bat sie herein. „Kommen Sie mit ins Wohnzimmer. Wollen Sie einen Kaffee, oder etwas Wasser?" Silke und Mario sahen sich im Zimmer um. Bel sah zwischen dem dunklen Mobiliar, den Spitzendeckchen und Porzellanfigürchen so unpassend aus, wie ein Strauß Frühlingsblumen in einer Gruftdisco. „Einen Kaffee, bitte", antwortete Mario. „Für mich auch", setzte Silke schnell hinzu. Bel bot ihnen Plätze auf dem Sofa an, schaute zu ihrer Mutter, die immer noch mit ihrem Hund auf dem Arm völlig irritiert in der Tür stand, und sagte: „Könntest du dem Herrn und der Dame von der Kripo bitte einen Kaffee machen?" Ihre Mutter schaute noch einmal mit großen Augen in die Runde, zuckte dann, als wäre sie gerade aus einer Starre erwacht, und verließ ohne ein weiteres Wort den Raum.

Bel ließ sich in das nächste Sofa fallen und kramte eine Zigarette aus ihrer schwarzen Strickjacke. Sie hielt das Päckchen sowohl Mario, als auch Silke hin, die beide dankend ablehnten. Bevor sie anfing zu sprechen, zündete sie eine Zigarette an und nahm einen tiefen Zug. „Sie haben den unaussprechlichen Namen in den Mund genommen!", stellte sie fest. „In diesem Haushalt wird über Andreas nicht gesprochen. Schon gar nicht mit Fremden." Silke schaute sich interessiert im Raum um. Bel zog noch mal an der Zigarette. „Wenn Sie ein

Foto von ihm suchen, die sind alle oben in seinem Zimmer. Oh ja, er hat hier ein Zimmer. Nicht dass das jemand betreten würde, außer, um es sauber zu halten. Aber wer weiß, vielleicht steht er ja eines Tages von den Toten auf, wenn sie ihn aus der Hölle gelassen haben." In ihre Stimme mischte sich nun ein sarkastischer Unterton.

Mario ignorierte den letzten Satz. „ Frau Diel..." Die junge Frau unterbrach ihn. „Nennen Sie mich bitte Bel. Frau Diel klingt, als redeten Sie mit meiner Mutter." Mario tat ihr den Gefallen, auch weil es offensichtlich war, dass sie ihrer Mutter nicht ähneln wollte. „Bel, wir sind hier wegen eines Mordfalls." Bel lächelte wieder. „So was Ähnliches dachte ich mir." Als sie Marios fragenden Gesichtsausdruck sah, setzte sie hinterher: „Wenn ich richtig gelesen habe, sind Sie von der Kripo. Und Leute von der Kripo kommen normalerweise nicht wegen eines Strafzettels." Silke lächelte etwas genervt. Mario schien nicht zum Lächeln zumute zu sein. „Der Mann, der vor zehn Jahren der Ausbilder Ihres Bruders bei der Bundeswehr war, ist ermordet worden." Bel schien nicht sonderlich überrascht. „Sie meinen den Mann, der Andreas in den Tod getrieben hat. In meiner Gegenwart können Sie Andreas Namen ruhig aussprechen. Wie hieß das Schwein noch mal?" Sie wartete nicht auf Marios Antwort. „Schneider, wenn ich nicht irre." Sie überlegte kurz. Plötzlich schien ihr ein Licht aufzugehen. „Herr S. aus Heidelberg. Die Zeitung schrieb letzte Woche über seinen Tod." und mehr zu sich selbst. „Das war also Herr Schneider."

Mit sachlichem Ton wendete sie sich wieder Silke und Mario zu. „Wie kann ich Ihnen helfen?" „Wir sind im Rahmen der Ermittlungen auf den tragischen Tod Ihres Bruders, Andreas, gestoßen." Ihrem Blick war anzusehen, dass ihr Marios Formulierung nicht passte. „Die Art und Weise, wie Herr Schneider ermordet wurde, haben uns darauf gebracht, dass der Mord und der Tod Ihres Bruders vielleicht in einem engeren Zusammenhang stehen." Frau Diel kam mit dem Service und einer Kanne Kaffee herein. Bel sprang auf, nahm ihr das Tablett ab und stellte alles auf den Tisch. Dann wendete sie sich wieder ihrer Mutter zu. Mit erheblich sanfterem Ton schob sie sie wieder aus der Tür hinaus und sagte: „Mama, könntest du uns bitte noch ein Paar Kekse holen?" Ihre Mutter schaute verwirrt in ihr Wohnzimmer, schien dann aber sichtlich erleichtert darüber, den Raum noch einmal verlassen zu dürfen. Bel kehrte zum Tisch zurück und schenkte Mario, Silke und sich selbst den Kaffee ein. Dann ließ sie sich wieder auf dem Sessel nieder. Mit einer Geste bot sie ihnen Zucker und Milch an.

Silke versuchte ihr Alter zu schätzen. „Wie alt waren Sie, als sich Ihr Bruder das Leben nahm?" „Ich war vierzehn. Genau das richtige Alter, um sich das erste Mal mit Tod und Vergänglichkeit zu beschäftigen. Mein Bruder ist fast zehn Jahre älter als ich. Mein Therapeut sagt, ich würde mich so kleiden, weil ich immer noch um ihn trauere." Sie zuckte mit den Schultern. „Ich weiß nicht, ich finde diese Analyse etwas zu banal."

Silke sah Marios Blick. Es sah so aus, als dächte er, dass nicht alles Naheliegende automatisch falsch sein müsse. Er räusperte sich: „Haben Sie eine Idee, wem, außer Ihnen, Andreas Tod noch so nahe gegangen sein könnte, dass er oder sie zehn Jahre später Schneider umbringen könnten." Sie schlürfte an ihrem Kaffee, verzog das Gesicht. „Also meine Eltern scheiden aus. Als gute Katholiken würden sie nie eine Todsünde begehen, wo doch schon ihr Sohn wegen seines Selbstmords in der Hölle schmort. Mich selbst nehme ich auch mal raus. Sie können es natürlich nicht wissen, aber ich selbst weiß ja, dass ich es nicht war." Sie schien zu überlegen. „Das Problem ist, ich erinnere mich nicht mehr besonders gut an Andreas' Freunde. Die meisten hab' ich nach seinem Tod nie wieder gesehen. Zehn Jahre sind halt schon ein ziemlicher Altersunterschied, wenn man vierzehn ist. Ich denke auch, dass die meisten aus Hirschhorn weggezogen sind. Wer bleibt schon in Hirschhorn?" Als sie Marios Blick sah, sagte sie. „Bei mir ist das was anderes. Irgendwie habe ich es nie fertig gebracht, meinen Eltern auch noch ihre Tochter zu nehmen. Ich denke, ich werde hier verschimmeln. Wenn ich mal heiraten sollte...", sie verzog ungläubig das Gesicht, als könne sie selbst nicht fassen, dass sie dieses Wort in den Mund genommen hatte. „Wenn ich mal ne feste Beziehung haben sollte", verbesserte sie sich. „dann zieh ich wahrscheinlich ins Haus gegenüber."

Mario unterbrach ihre Zukunftspläne. „Und Sie können sich an keinen seiner Freunde oder keine seiner Freundinnen erinnern?" Sie lächelte. „Soweit ich weiß, hatte Andreas keine Freundinnen. Aber wenn Sie mich so fragen: Einer seiner Freunde ist ziemlich oft bei Andreas Grab aufgetaucht. Ich weiß das, weil ich selbst viel Zeit dort verbracht habe. Wir haben nie miteinander gesprochen. Aber irgendwann kam er immer seltener. Ich denke das letzte Mal hab' ich ihn vor sechs Jahren gesehen." Mario hatte sein Notizbuch herausgeholt. „Können Sie ihn beschreiben?" Bel schüttelte vorsichtig den Kopf. „Kleiner als ich, eher stämmig, blondes, längeres Haar? Ich glaube das ist zu lange her." Mario ließ nicht locker. „Kannten Ihre Eltern ihn, können die sich vielleicht an seinen Namen erinnern." Isabel lächelte etwas verzweifelt. „Alles, was mit Andreas zu tun hat, ist bei denen wie ausgelöscht. Manchmal glaub' ich, die wollen sich nicht mal mehr daran erinnern, dass er existierte."

Stefanie hob den Hörer ab. Sie tippte eine Nummer und wartete auf das Tuten. Sie hatte lange überlegt, ob sie bis Samstag warten sollte, oder ob sie zu einem früheren Zeitpunkt alle zusammentrommeln sollte. Nach kurzer Zeit hob jemand ab. „Hallo?", meldete sich eine weibliche Stimme. „Hallo Rosi!", begrüßte Stefanie sie mit einer betont lockeren Stimme. „Ach du bist's Steff. Schön mal von dir zu hören, was gibt's?" „Hör zu, ich hätte tierisch Lust mal wieder Musik zu machen. Vielleicht könntest du die ganze Band zusammentrommeln, und wir treffen uns an nem Ort, wo wir keinen stören und so richtig laut Musik machen können. Was hältst du davon?" Sie hatten diesen Code vor Jahren einmal ausgemacht, als sie alle noch etwas aktiver gewesen waren, und sie hoffte, dass Rosi sich noch daran erinnerte und sie nicht für völlig irre hielt. Es dauerte

184

einen kurzen Augenblick. „Klingt prima!", kam dann als Antwort. „Wie sollen wir vorgehen?" Stefanie wusste, dass Rosi momentan nicht arbeitete, und sie selbst hatte noch tausend Dinge zu tun. Deshalb sagte sie: „Wenn du vielleicht alles arrangieren könntest? Mein Tag ist schon ziemlich voll..." Rosi atmete einmal tief durch und Stefanie konnte vor ihrem geistigen Auge den genervten Gesichtsausdruck sehen. Trotzdem flötete Rosi kurze Zeit später ins Telefon: „O.K.! Ich sag der Band Bescheid und kümmer mich um nen Raum. Ich ruf dich dann einfach später noch mal an, ob ich alle erreicht hab'. Ich denke, wir holen dich gegen acht Uhr einfach ab." Stefanie zögerte. „Glaubst du, die anderen hätten etwas dagegen, wenn Christoph mitkäme? Er hat mich noch nie singen hören und hat gefragt, ob er mal dabei sein könnte." Auch Rosi zögerte. „Na ja, ich will ehrlich sein. Wir sind ziemlich aus der Übung. Ich weiß nicht, ob sich die anderen da nicht genieren." Stefanie ließ nicht locker. „Es wäre mir sehr wichtig. Ich bring übrigens nen neuen Song mit, was ganz anderes, als das, was wir bisher so gespielt haben." Es schien einen Augenblick zu dauern, bis ihr telefonisches Gegenüber kapiert hatte, was sie meinte. „Ist O.K., ich frag die Anderen und sag dir dann nachher Bescheid, ob er mitkommen kann. Ich weiß aber nicht, ob es für ihn ein Genuss sein wird." „Danke!", sagte Stefanie. „Dann bis später." „Ist doch klar", antwortete Rosi und legte auf.

Klaus hatte die Gelegenheit abgewartet, mit Benjamin allein im Labor zu sein. Benjamin war am Tag zuvor wohl früher gegangen, so dass Klaus keine Möglichkeit mehr gehabt hatte, mit ihm in Ruhe zu reden. Was Ali erzählt hatte, war wirklich unglaublich. Aber Ali neigte manchmal zu Übertreibungen und Ungenauigkeiten, weshalb sich Klaus dazu entschlossen hatte, Benjamin noch einmal direkt auf sein Gespräch mit dem Polizisten anzusprechen. Wenn das wirklich alles so stimmte, musste der Betriebsrat eingeschaltet werden. Und natürlich musste man verhindern, dass jemand von der Geschäftsführung Einblick in die Unterlagen würde nehmen können.

Benjamin saß an seinem Computer und tippte Daten in eine Tabelle. Er schien Klaus gar nicht wahrgenommen zu haben. Klaus räusperte sich, und Benjamin drehte sich zu ihm um.

„Hi Benjamin, stör ich?" Benjamin drückte die Speichertaste und schüttelte mit dem Kopf. „Ich geb' nur grad ein paar Daten ein." Klaus war sich nicht ganz sicher, wie er beginnen sollte. „Gestern kam Ali zu mir. Er sagte, du hättest dich mit jemandem von der Polizei unterhalten, und der Polizist hätte irgendwas von Akten erzählt, die Schneider über uns geführt haben soll." Er wartete, wie Benjamin reagieren würde. Der biss sich auf die Lippe. Mehr zu sich selbst sagte er: „Mist, das war das Letzte, was ich wollte." Er atmete tief ein, schüttelte mit dem Kopf und sagte dann zu Klaus: „Wenn Ali es weiß, dann weiß es bald die komplette Belegschaft. Da kann man nur hoffen, dass die Leute besonnen handeln. Der Polizist, ich kenn' ihn von so ner Gruppe, in der wir beide sind, hat gesagt, dass nur die Polizei in diesen Akten rumschnüffelt. Eine Vorstellung, die ich persönlich schon unangenehm genug finde. Jedenfalls wird niemand hier im Betrieb, auch niemand der Vorgesetzten vom Inhalt der Akten erfahren." Klaus setzte sich. „Hat dein Freund irgendwas verlauten lassen, was in den Akten so drin steht?" „Nenn ihn lieber meinen Bekannten. Ich wusste nicht mal, dass bei der Polizei arbeitet. Er hat gesagt, die Akten beinhalteten kleine, hässliche Details aus unserem Privatleben. Wer zu viel trinkt, wer zu spät zur Arbeit erscheint etc." Dann bekam seine Stimme einen etwas ärgerlichen Ton: „Wahrscheinlich kann Ali dir besser sagen, was Schneider so wusste. Es würde mich nicht wundern, wenn die meisten Informationen direkt von ihm kamen." Klaus musste ihm Recht geben. Diese Babbelgosch hatte wahrscheinlich Schneider jede kleine Peinlichkeit des Hauses brühwarm erzählt. „Ich denke, das ist Sache des Betriebsrats. Ich werde morgen eine Sitzung einberufen. Wahrscheinlich ist es bis dahin einmal im Haus rum, und sie werden uns die Bude einrennen. Das wird ein Spaß!", setzte er ironisch hinterher. Benjamin schaute gedankenverloren aus dem Fenster. Er rieb sich die Augen und schüttelte mit dem Kopf. „Manchmal könnte ich Ali erwürgen.", sagte er dann. Klaus versuchte ein Lächeln zu Stande zu bringen. „Sag' das nicht zu laut. Die Leute sind bei diesem Thema momentan etwas empfindlich."

Die Tür öffnete sich, und Robert kam herein. Beide schauten gleichzeitig in seine Richtung. „Langsam wird das mit den Ermittlungen im Betrieb sehr unlustig. Ihr habt sicher auch gehört, was Ali so im Haus rumerzählt." Dann schaute Robert in Richtung Benjamin. „Ach ja, dir muss ich es ja nicht erzählen. Soweit ich weiß, hat er es ja mehr oder weniger von dir." Benjamin glaubte aus Roberts Stimme einen leichten Vorwurf heraus zu hören. „Er hat gelauscht, und im Übrigen hab' nicht ich die Akten über unsere Mitarbeiter angelegt." Langsam wurde ihm das Ganze zu dumm. Robert änderte sofort seinen Tonfall, nicht gewohnt, dass Benjamin die Stimme erhob. „So hab ich das gar nicht gemeint. Aber ich hätte euch sofort davon erzählt, wenn ich es erfahren hätte." Klaus schaltete sich ein. „Damit dann wegen dir die Leute hier im Haus die Panik kriegen. Ich kann Benjamin verstehen. Es wäre besser gewesen, keiner hätte davon erfahren. Wer stellt sich schon gern vor, dass jemand in seinem Privatleben rumschnüffelt. Seien wir doch mal ehrlich, ich glaube es gibt niemanden hier, dem nicht sofort spontan etwas einfällt, was er oder sie lieber nicht an die große Glocke hängen möchte." Aber Robert schien das Argument nicht zu überzeugen. „Also ich will wissen, wenn jemand etwas über mich zu wissen glaubt."

Benjamin hörte draußen Stefanies Schritte. „Ich denke, das ist Geschmackssache.", sagte er, als Stefanie die Labortür öffnete. Sie sah angespannt aus. Sie sah fragend in den Raum, als erwarte sie die Antwort auf eine Frage, die sie gar nicht gestellt hatte. Stefanie war nicht der Typ, dem gegenüber man spontan sein Herz ausschüttete. Entsprechend war er sich nicht sicher, ob sie überhaupt schon irgendetwas über die Sache mit Schneider gehört hatte. Normalerweise war es Benjamin auch ganz Recht, dass sie sich nicht für das Befinden ihrer Angestellten interessierte. Nur Robert hatte in der Vergangenheit immer wieder versucht, sie auf Probleme oder Befindlichkeiten innerhalb des Teams aufmerksam zu machen. Diese Versuche waren immer an ihr abgeprallt.

Diesmal sagte Robert nichts, und Benjamin erinnerte sich, dass Robert gerade ein massives Problem mit Stefanie hatte. Langsam wurde die Stille im Raum unangenehm. „Wir können das nachher weiter diskutieren", sagte Robert. Und zu Stefanie gewandt: „Ich nehme an, du wolltest nichts von mir." Ohne auf eine Antwort zu warten, verließ Robert den Raum.

Stefanie schaute ihm etwas irritiert hinterher. Sie schüttelte mit dem Kopf. „Hat der was?" Weder Klaus noch Benjamin antworteten ihr, sie schien jedoch auch gar keine Antwort zu erwarten. Es stimmte schon, wenn Robert sagte, dass Stefanie zu einer gewissen Ignoranz neigte. Als hätte sie seine Gedanken gehört, sagte sie: „Wisst ihr vielleicht, was da draußen los ist? Meine Sekretärin sieht aus, als sei sie dem Leibhaftigen höchst persönlich begegnet. Katja sitzt in ihrem Zimmer und kämpft mit den Tränen. Und wer nicht wie hypnotisiert aus dem Fenster starrt, rottet sich zu kleinen Grüppchen zusammen." Sie sah Klaus und Benjamin fragend an. Benjamin merkte, wie ihm langsam alles zu viel wurde. Doch Klaus war so nett und erzählte ihr die ganze Geschichte. Irgendwie war Benjamin darauf gefasst, dass Stefanie in ihrer üblichen genervt abweisenden Art reagieren würde, und war umso erstaunter, als sie antwortete: „Das hat mir gerade noch gefehlt." Und mehr zu sich selbst sagte sie. „Na ja, irgendwie passt das auch zu Schneider. Wer auch immer ihn auf dem Gewissen hat, die Person hätte sich denken können, dass dieser kranke

Arsch auch noch über seinen Tod hinaus Unheil anrichtet." Erst jetzt schien sie die Blicke von Benjamin und Klaus zu bemerken. Sie langte sich an die Stirn. Es schien ihr sichtlich peinlich zu sein, dass sie laut gedacht hatte. Sofort war sie wieder die Chefin, die sie kannten. „Wie dem auch sei, Benjamin, bitte bereite die Daten vom Duisburg-Projekt so auf, dass Micha mir eine Präsentation draus basteln kann. Klaus, ist in dem Versuch etwas Brauchbares herausgekommen?" Klaus starrte sie an, als verstehe er nicht, wovon sie sprach. „Ringelwald", sagte sie, als wolle sie seinem Gedächtnis auf die Sprünge helfen. Klaus nickte. Immer noch nicht ganz er selbst sagte er: „Die Daten sind O.K., ich würde aber noch eine Messung machen, bevor wir den Versuch abbrechen." Sie nickte. „Den Bericht brauchen wir ja auch erst in einem Monat." Sie wendete sich zum Gehen. „Ich werde mit der Polizei sprechen.", sagte sie im Hinausgehen. „Wegen Schneiders kleiner Sammlung.", setzte sie hinterher. „Ihr könntet so nett sein und den Anderen sagen, dass sie sich beruhigen sollen. Weder mich noch irgendjemand von der Betriebsleitung interessieren die Phantasien eines Herrn Schneider."

Sie saßen zusammen im Besprechungsraum. Mario schaute auf seine Liste. „Neues aus der Pathologie?" Einer der Anwesenden antwortete ihm. „Wer auch immer dem Opfer das angetan hat, er oder sie muss so was wie ein Ganzkörperkondom getragen haben. Das Opfer konnte sich nicht wehren, da es bewusstlos war. Keine Tatwaffe. Wir haben Spuren von Handschuhen gefunden. Latex, ungepudert. Keine DNA, keine Fin-

190

gerabdrücke. Der Mord muss sehr gut geplant gewesen sein."

Mike kam ins Zimmer, entschuldigte sich und setzte sich neben einen Kollegen. „Schön Mike, dass du kommst.", begrüßte ihn Mario mit etwas sarkastischem Unterton. „Etwas Neues aus dem Institut? Hat die Analyse des Computers irgendetwas ergeben?" Mike holte einen Block aus der Tasche. „Mit dem Computer sind wir noch nicht ganz fertig. Aber bisher scheint Herr Schneider ihn nur zu beruflichen Zwecken genutzt zu haben. Der Inhalt der Schublade war da schon etwas interessanter. Wir haben ein Buch mir Notizen gefunden, ich vermute die Vorlagen zu seiner kleinen Sammlung. Das Buch geht selbstverständlich an dich Mario. Außerdem seine Gehaltsabrechnungen. Der Junge hat erstaunlich gut verdient, für das, was er gelernt hat." „Das wundert mich nicht.", sagte Mario trocken. Mike fuhr fort. „Wenn er sein Wissen gewinnbringend eingesetzt hat, hat er das jedoch sehr gemäßigt getan. Ein Motiv lässt sich hier eher nicht ableiten. Sonst enthielt die Schublade nur noch ein feinsäuberlich geordnetes Arsenal an Bleistiften, Spitzern, Radiergummis etc. und eine Heckler & Koch, P8." Er stoppte und sah in die Runde. „Die P8 ist die Standard-Dienstpistole der Bundeswehr, höchstwahrscheinlich hatte er einen Waffenschein dafür." Silke schüttelte mit dem Kopf. „Und was bitte wollte er damit bei sich im Betrieb?" Auch Mario schien sichtlich erstaunt. „Entweder fühlte er sich bedroht, oder er hoffte eines Tages den Helden zu spielen, falls der Laden überfallen würde." Er zuckte mit den Schultern. Mike sah ihn zweifelnd an. „Momentan fällt

191

mir kein wirklich guter Grund dafür ein, warum jemand diesen Betrieb überfallen sollte." Mario schüttelte mit dem Kopf. „Wir können ihn leider nicht mehr fragen." Und dann zu Mike. „Aber frag doch mal bitte nach, ob irgendjemand von den Chefs davon wusste." Silke überlegte. „Wahrscheinlich hatte er Angst vor einem terroristischen Anschlag. Oder er dachte, der Betrieb habe genügend Material auf Lager, um eben einen solchen mit den nötigen Chemikalien zu versorgen. Das sind aber natürlich nur Spekulationen.

Mario, der seinen Kollegen und Kolleginnen schon vorher über ihren Fund in Schneiders Bücherregal informiert hatte, kramte eine Akte hervor, die vom Staatsschutz zu sein schien. „Die Kollegen vom Staatsschutz hatten nicht viel über Schneider. Er scheint weder organisiert noch groß in der Öffentlichkeit gewesen zu sein. Aufmerksam wurden sie durch die germanischen Jugendfestspiele und das Tamtam, das die Rechte derentwegen veranstaltete. Die Überprüfung ergab keine weiteren politischen Tätigkeiten, deshalb wurde die Akte auch sofort wieder geschlossen." Ein Kollege, der die Ausdrucke von Mario noch einmal unter die Lupe genommen und selbst das Internet durchforstet hatte, schüttelte mit dem Kopf. „Zugegeben, was wir gefunden haben, hat jetzt auch nicht gerade zu einschlägigen Ergebnissen geführt, aber ich hätte jetzt erwartet, dass unsere Kollegen mit ihren Mitteln doch noch etwas mehr rausbekommen hätten. Vielleicht sollte ich ihnen mal meine Unterlagen zukommen lassen. Ganz so harmlos kam mir Herr Schneider nämlich nicht vor." Mario reichte ihm die Akte. „Könnte halt auch sein, dass es von der Sorte Schneider mehr als genug gibt, und da muss man sich irgendwann einfach auf die konzentrieren, die wirklich Unheil anrichten können." Sein Kollege schnaufte nur etwas verächtlich. „Nette Vorstellung, nach all dem, was wir wissen."

Mario wechselte das Thema. „Im Übrigen bekommen wir langsam Druck, Ergebnisse abzuliefern. Die Presse sitzt unserer Dienststelle im Nacken. Bisher konnte die Pressestelle abwiegeln, aber bis Ende der Woche sollten wir was zu bieten haben."

Die Besprechung war zu Ende. Alle beeilten sich, mit ihren neuen Aufgaben den Raum zu verlassen. Mario sah, wie Mike seine Sachen zusammen packte. „Michael, könntest noch kurz bleiben, ich hab noch was mit dir zu besprechen." Silke sah ihn fragend an, als wolle sie wissen, ob das ein Gespräch unter vier Augen werden solle. Mario schüttelte nur leicht mit dem Kopf.

Als alle anderen den Raum verlassen hatten, sagte er. „Vor etwa einer halben Stunde hat mich Frau Schäfer angerufen. Wie auch immer sie davon erfahren haben kann, sie wusste von Schneiders kleiner Sammlung. Kannst du mir vielleicht erklären woher?" Mike sah etwas schuldbewusst drein. „Als ich wegen des Computers dort war, habe ich festgestellt, dass ein Bekannter von mir in der Abteilung Biologie arbeitet. Wir haben uns auf dem Flur unterhalten." Er stockte, es schien ihm sichtlich unangenehm, dass ihm das passiert war. „Ich hab ihm von Schneiders Sammlung erzählt, wohl auch, weil ich das Gefühl hatte, er hätte ein Recht darauf, es zu erfahren. Es tut mir Leid." Silke schaute Mario an, der wartete, ob Mike sonst noch etwas zu sagen hätte.

„Darüber hatte ich es mit Mario auch schon.", sagte sie. Mario zog die Augenbrauen hoch, als wolle er ihr sagen, dass diese Bemerkung nicht gerade hilfreich gewesen war. „Mit dem Unterschied, dass wir es nicht ausgeplaudert haben." Silke hatte das Gefühl, Mike verteidigen zu müssen. Doch dieser winkte ab. „Ist schon gut Silke, ich weiß, dass ich einen Fehler gemacht hab'. Ich habe auch nicht erwartet, dass Benjamin gleich zu seiner Chefin läuft. Was selbstverständlich auch keine Entschuldigung ist. Ich kann nur noch mal sagen, dass es mir Leid tut."

Mario ließ ihn gehen. Silke setzte sich an ihren Platz. „Was genau wollte Frau Schäfer denn von dir?", fragte sie Mario, nachdem Mike das Zimmer verlassen hatte. „Sie wollte zunächst wissen, ob das wahr sei, und wies mich noch mal darauf hin, dass es sich beim Inhalt der Unterlagen um kranke Hirngespinste handele, und dass sie es für eine Selbstverständlichkeit erachte, dass nichts davon auch nur irgendwie an die Öffentlichkeit gelangen dürfe, geschweige denn an die Ohren der Leitung des Betriebs, die ihren eingeschlossen. Sie schien sichtlich empört. Allerdings weniger über uns, als viel mehr über die Tatsache, dass Schneider überhaupt so etwas gemacht hatte." Silke zuckte mit den Schultern. „Ist ja auch verständlich, oder?" Mario antwortete ihr nicht. Vielmehr starrte er gedankenverloren aus dem Fenster.

Silke beobachtete ihn kurz, dann setzte sie noch mal hinterher. „Aber irgendwas scheint dich zu beschäftigen.", stellte sie fest. Mario schüttelte leicht mit dem Kopf. „Irgendwas war komisch.", sagte er dann. „Es wirkte fast so, als habe sie Angst, dass wir irgendetwas

194

herauskommen könnten." Silke machte ein ungläubiges Gesicht. „Na ja, nach dem, was wir über sie wissen, muss dich das doch nicht wirklich wundern, oder?" Mario schien aus seinen Gedanken aufzuwachen. Jetzt schaute er sie wieder mit wachem Blick an. Er lächelte. „Natürlich nicht, du hast Recht." Aber Silke wurde das Gefühl nicht los, dass Mario noch etwas Anderes durch den Kopf ging.

Stefanie saß mit Christoph auf dem Rücksitz des Autos eines ihrer Jungs. Rosi hatte am Nachmittag noch einmal angerufen und gesagt, dass sie um 8 Uhr abgeholt werden würde, und dass Christoph gern mitkommen könne. Christophs Eltern hatten sich gefreut, dass Christoph und sie einmal endlich wieder abends zusammen mit Freunden ausgingen, und hatten sich gerne bereit erklärt, auf Amelie aufzupassen. Auch Amelie war es recht gewesen. Christophs Eltern waren in ihren Augen gute Babysitter, die ausreichend mit Süßigkeiten und Geschichten bestachen.

Stefanie hatte den Tag über immer wieder darüber nachgedacht, ob es richtig war, den Anderen von ihrem Verdacht zu erzählen. Sie war sich nicht sicher, ob es fair war, sie in die Geschichte hineinzuziehen. Bei jedem anderen Freundeskreis hätte sie nicht einmal drüber nachgedacht. Aber Christoph hatte Recht. Wenn sie jemanden zutraute, dass sie ihr weiter helfen konnten, dann die Leute ihrer Gruppe. Und sie musste dringend eine Lösung finden. Sie hatte spätestens während des Gesprächs mit dem Bullen gemerkt, wie die Situation sie verunsicherte. Schneiders Recherchen machten alles nur noch schlimmer. Wenn er seine Arbeit gut gemacht hatte, würde es nicht mehr lange dauern, und die Polizei wusste genauso viel wie sie. Aber was wusste sie überhaupt?

Sie kamen bei einer alten Industriehalle an. Ludwigshafen war voll von solchen Hallen, die regionale Bands für ihre Proben nutzten. Einige Leute ihrer Gruppe standen vor einer massiven Stahltür und rauchten. „Die Anderen sind schon unten.", sagte Tomate. „Ich sag euch gleich, die Räumlichkeiten sind alles andere als gemütlich. Hallo Christoph, schön dich mal wieder zu sehen." Man merkte Christoph an, dass er sich nicht ganz sicher war, ob die Entscheidung mit zu kommen, richtig gewesen war. Er streckte die Hand aus und Tomate ergriff sie, sichtlich amüsiert über eine so förmliche Begrüßung. Nachdem alle fertig geraucht hatten, sagte Sven. „Na dann lasst uns mal mit der Probe beginnen." Er öffnete die schwere Stahltür und ging nach unten.

Sie betraten einen Raum, der dick mit grauem Schaumstoff ausgekleidet war. Jeder Schall wurde sofort geschluckt, was eine unwirkliche Atmosphäre zur Folge hatte. Die Stimmen klangen dumpf, und die Luft war schlecht. Die ersten hatten sich auf dem Boden gesetzt, und Christoph folgte ihrem Bespiel.

Alle schauten Stefanie erwartungsvoll an. Sie setzte sich so, dass sie alle gut sehen konnte. „Also gleich vorweg. Was ich euch erzählen werde, ist juristisch gesehen ziemlich heikel, und ich bin mir absolut nicht darüber im Klaren, ob ich euch damit reinziehen soll. Wenn irgendjemand von euch Bedenken hat, nehme ich es ihm oder ihr nicht übel, wenn er oder sie lieber gar nichts wissen möchte." Sie schaute in die Runde. Keiner sagte etwas. „O.K. vielleicht etwas genauer, damit ihr die Chance habt, euch zu entscheiden. Ich brauche eure Meinung zu einem Thema, dass rechtlich gesehen schlimmstenfalls in „Beihilfe zu Mord", enden könnte." Rosi, die einige Jahre Jura studiert hatte, sagte. „Hast du jemanden Umgebracht, oder jemandem dabei geholfen?" Stefanie schaute sie erschrocken an. „Nein!" Rosi lächelte sie an. „Dann schieß los und lass uns entscheiden, welchen Vergehens wir uns strafbar machen." Rosi schaute in die Runde und die Anderen nickten.

Stefanie holte tief Luft. „Ihr habt ja alle das mit dem Mord bei mir im Betrieb mitbekommen. Nehmen wir mal an, jemand wüsste, wer Schneider ermordet hat. Und die Person wüsste auch, dass die Polizei früher oder später höchstwahrscheinlich dieselben Schlussfolgerungen ziehen wird. Ihr wisst alle, welche politische Einstellung Schneider hatte. Hinzu kommt aber, dass er, so wie's aussieht noch mehr auf dem Kerbholz hatte." Sie erzählte den Anderen von dem Artikel, den Tomate aufgetrieben hatte.

Tomate hakte nach. „Weiß die Person, wer Schneider ermordet hat, oder ahnt sie es?" Stefanie überlegte. „Sie weiß es nicht, ist sich aber ziemlich sicher." Sven fragte als nächster. „Ich gehe davon aus, dass die Person den mutmaßlichen Mörder nicht für einen kranken Irren hält, sondern viel mehr zu glauben scheint, dass er - und ich spreche hier nur den Einfachheit halber die ganze Zeit von einem „Ihm", es könnte selbstverständlich auch eine „Sie" sein - aus gutem Grund, und mit einer gewissen ‚Berechtigung' handelte." Stefanie nickte. „Hat die Person Angst, dass, sollte der Täter von ihrem Wissen erfahren, er ihr etwas antun könnte?" Stefanie schüttelte energisch mit dem Kopf. „Die Person hat dem Täter aber noch nichts von ihrem Wissen erzählt." „Die Person ist sich absolut nicht sicher, was sie tun soll.", antwortete Stefanie.

Thomas mischte sich ein. „Wir haben hier also ein moralisches Problem. Die Person hat drei Möglichkeiten. Sie hält sich raus, sie sagt alles, was sie weiß, der Staatsmacht oder sie hilft dem Täter. Die Frage ist, welche Dynamik entsteht, wenn die Person agiert, oder eben auch nicht agiert. Als Unbeteiligte können wir schlecht entscheiden, ob die Person, die Schneider ermordet hat, dies aus gutem Grund tat, oder nicht. Aber gehen wir mal davon aus, dass es aus Gründen geschah, die wir mit unserer Moral vereinbaren können, und gehen wir mal davon aus, dass die Person, die davon weiß, genug Menschenkenntnis hat, um für sich die Entscheidung zu treffen, der Person helfen zu wollen. Wie könnte sie das tun, ohne, dass es von vornherein zum Scheitern verurteilt ist?" „Dem Täter zur Flucht zu verhelfen, klingt nicht realistisch.", sagte Sven „Seien wir mal ehrlich, heutzutage ist eine Flucht ins Ausland nicht nur nahezu unmöglich, sondern auch verhältnismäßig unsinnig." Stefanie schüttelte mit dem Kopf. „Das würde die Person, die Schneider umgebracht hat, auch nicht durchziehen. Da ist er nicht der Typ dazu." Sven machte weiter. „Man könnte ihm raten, sich zu stellen. Das ist zwar besser, als gefasst zu werden, ich gehe aber davon aus, dass unsere Person das für die schlechteste Möglichkeit hält." Stefanie atmete tief durch. „Wir sollten keine Möglichkeit undiskutiert lassen." „Wir sollten uns aber über eins im Klaren sein", warf Thomas ein, „die Person, die dem Täter hilft, wird danach nicht mehr dasselbe Verhältnis zu ihm haben, wie davor. Mit der Hilfe, wie auch immer sie aussehen sollte, hat die Person Macht über einen anderen Menschen bekommen, was für beide Personen sehr unangenehm werden kann. Man sollte entsprechend mit dem Gedanken spielen, wie auch immer anonym zu agieren, was allerdings das Problem nicht löst. Möchtet ihr anonym gesteckt bekommen, dass jemand weiß, dass ihr jemanden ermordet habt?" Rosi schaltete sich ein. „Die große Frage ist, ob die Polizei, selbst wenn sie alles herausbekommt, was die Person weiß, es dem Täter nachweisen kann, dass er oder sie es war. Ich meine, wenn jemand für die Tatzeit ein klares Alibi hat, und er oder sie sich am Tatort selbst nicht allzu blöd angestellt hat, kann die Polizei so viel ahnen wie sie will, sie wird die Tat nicht beweisen können. Meines Erachtens könnte man auch einfach abwarten, ob es zu einem Verfahren kommt, dem Täter oder der Täterin einen guten Anwalt besorgen, und nach Akteneinsicht zusehen, wie man die Person da raushauen kann. Man sollte der Person, die Schneider tötete, aber dringend anraten, der Polizei gegenüber die Klappe zu halten. Ihr anzuraten, sich zu stellen halte ich jedenfalls für einen Fehler."

Christoph hatte, wie der Rest der Gruppe, die ganze Zeit still da gesessen und zugehört. „Dann müsste die Person mit der Ahnung den Täter aber direkt ansprechen, was ich persönlich für einen Fehler halte. Ich gebe

Thomas Recht, wenn er sagt, dass ein direktes Eingreifen jedweder Art eine Dynamik entwickelt, die wir jetzt überhaupt nicht einschätzen können." Rosi nickte. „Die Person könnte aber so ganz allgemein über den Fall plaudern und dabei fallen lassen, was sie dem Täter raten würde, würde sie ihn kennen." Stefanie überlegte. „Ich seh' darin das Problem, dass die Person im Umkreis des Täters nicht unbedingt dafür bekannt ist, zu plaudern. Ich fürchte, sie hat den Ruf, überhaupt nicht mehr als nötig zu reden." Sie blickte abwartend in die Runde. Rosi seufzte. „Dann muss die Person wohl über ihren Schatten springen und einen geeigneten Moment finden. Schwieriger wird das mit dem Alibi."

8

Der Kollege, der Schneiders Verstrickungen in die rechte Szene recherchieren sollte, kam in Marios Büro. „Schau mal, was ich im Archiv der örtlichen Zeitung gefunden habe." Er legte Mario den Artikel über Schneiders Verhandlung auf den Tisch. „Die Presse hat damals über den Tod des Jungen und die anschließende Gerichtsverhandlung ausführlich berichtet. Selbst in unserer recht konservativen Rhein-Neckarzeitung waren die Meinungen über den Ausgang der Verhandlung durchaus unterschiedlich." Mario nahm die Artikel an sich. Sie bestätigten größtenteils das, was sie schon wussten. Die Artikel enthielten auch Bilder, die vor dem Mannheimer Landgericht aufgenommen waren. Er schaute sie sich etwas genauer an. Als er das Gesicht unter den Zuhörern erkannte, schien ihm schlagartig alles klar zu werden. Er kramte eine Akte mit einem grünen Aufkleber aus dem Stapel. Er schlug ihn auf, griff zum Telefon und wählte die Nummer vom Bürgerdienst.

Silke und Mario fuhren zum Betrieb. „Und du meinst wirklich, er könnte es gewesen sein?" Mario überlegte. „Es passt schon alles ziemlich gut zusammen. Er kannte den Jungen, der sich erhängt hat. Er ist in Hirschhorn aufgewachsen. Er wusste, was damals bei der Bundeswehr vorgefallen ist, das Alter stimmt. Und er hat uns erzählt, er hätte Schneider nicht näher gekannt. Alles in Allem lohnt es sich zumindest nach seinem Alibi für die Tatzeit zu fragen." „Meinst du, sie weiß, dass es jemand aus ihrer Arbeitsgruppe war?" Mario war sich klar, über wen Silke sprach. „Wenn Frau Schäfer es weiß, dann hat sie es bestimmt durch Zufall herausbekommen. Und dass sie es weiß, wird sie uns wohl kaum erzählen." Silke machte ein sehr nachdenkliches Gesicht. „Wenn er es wirklich war, heißt das, dass er über mehrere Jahre mit Schneider zusammengearbeitet hat, um dann irgendwann zuzuschlagen. Könntest du das? Ich meine, du weißt, dass du jemanden umbringen wirst, und arbeitest mit diesem Wissen weiter mit ihm zusammen?" Mario stellte den Wagen auf dem Parkplatz vor dem Betrieb ab. „Vielleicht war er sich die ganze Zeit nicht sicher, ob er es wirklich fertig bringen würde. Vielleicht brauchte er die Zeit, um sich sicher zu sein, dass Schneider es verdient hatte. Ich hab keine Ahnung, was in einem solchen Menschen vor sich geht." Sie blieben im Auto sitzen, ohne dass einer der Beiden Anstalten machte, den Wagen zu verlassen. Silke ergriff noch einmal das Wort. „Nach all dem, was wir über Schneider wissen, hat er ihm natürlich auch keinen Anlass gegeben, seinen Plan noch mal zu überdenken. Wenn er wirklich von Anfang an vorhatte, ihn umzubringen, musste Schneiders Verhalten im Betrieb nur wie eine Bestätigung gewirkt haben. Ob er die Vagas kannte?" Mario zuckte mit den Schultern.

Als Stefanie hörte, dass die Polizei im Haus war, und nach dem Weg zu den Labors gefragt hatte, hatte sie alles stehen und liegen gelassen und war nach unten gerannt. Sie riss die Tür zum Labor auf und sah dort den Kommissar, seine Kollegin und Benjamin. „Ich hoffe, Benjamin, dir ist klar, dass du vor der Polizei nichts aussagen musst", brüllte sie fast in den Raum. Benjamin schaute sie erstaunt an. Sie konnte seinen Blick nicht deuten. Wütend richtete sie sich an den Kommissar. „Können Sie mir sagen, was das hier soll? Wenn Sie mit meinem Mitarbeiter sprechen wollen, möchte ich, dass ein Anwalt anwesend ist." Der Kommissar wollte gerade etwas antworten, als Benjamin ihn unterbrach. „Ist alles O.K. Stefanie, der Herr und Damen von der Polizei wollen nur wissen, wo ich zur Tatzeit war. Reine Routine, meinten sie." „Reine Routine?" Stefanie funkelte den Kommissar an. „Befragen Sie jetzt jeden nach seinem Alibi?" Die Frau von der Polizei antwortete ihr. „Wir haben neue Erkenntnisse, die eine erneute Befragung notwendig machen. Und vielleicht sollten Sie uns jetzt besser wieder alleine lassen. An der Stelle Ihres Mitarbeiters wäre es mir Unangenehm, wenn meine Chefin bei der Befragung anwesend wäre." Stefanie sah Benjamin verzweifelt an. „Wenn es wirklich nur um mein Alibi geht, kann Frau Schäfer ruhig im Raum bleiben. Ich war an diesem Abend bis spät in die Nacht im Betrieb und habe gearbeitet. Einige Proben mussten unbedingt noch gemessen werden. Bis auf den Hausmeister, der mich kurz nach 8 Uhr rauswerfen wollte, kann das allerdings niemand bestätigen." Stefanie überlegte. „Das ist nicht richtig Benjamin, ich bin spät nachts noch mal reingekommen, weil ich ja wusste, dass du allein im Labor arbeiten würdest. Als ich aber sah, dass alles O.K. war, bin ich etwas laufen gegangen und hab dich auf dem Rückweg gehen sehen. Das war so etwa um ein Uhr Nachts gewesen" Der Kommissar schaute sie fragend an. „Hatten Sie nicht erzählt, Sie hätten die Nacht bei Ihrem Partner verbracht?" Stefanie versuchte möglichst Schuldbewusst zu dreinzublicken. „Sie müssen entschuldigen, Herr Palazzone. Das war gelogen. Aus arbeitsrechtlicher Sicht ist es höchst illegal, eine Person nachts allein in einem Labor arbeiten zu lassen. Ich sehe das eigentlich auch nur sehr ungern. Aber in diesem Fall war ich es selbst, der Herrn Schulze darum gebeten hat. Ich wollte diesen Verstoß gegen den Arbeitsschutz gern vor Ihnen verheimlichen." Sie glaubte zu spüren, dass der Kommissar ihr kein Wort glaubte. Nachdem er sie gemustert hatte, richtete sich sein Blick auf Benjamin. Der hatte ungläubig das Gespräch verfolgt. „Da Sie ein glaubwürdiges Alibi zu haben scheinen, haben wir an Sie keine weiteren Fragen. Sie haben das Glück, eine Chefin zu haben, die wirklich um das Wohl ihrer Mitarbeiter besorgt ist." Er deutete seiner Kollegin mit einem Kopfnicken an, dass sie nun gehen würden, und beide Beamte verließen den Raum.

Benjamin wartete, bis sie Beide in ihr Auto steigen sahen, dann durchbrach er das Schweigen. „Danke! Aber ich hab dich an dem Abend gar nicht hier gesehen." Stefanie war sich nicht sicher, was sie antworten sollte. „Wie gesagt, ich hab von draußen ins Labor geschaut, und da du wohl auf warst, hab' ich dich auch gar nicht unterbrechen wollen." Benjamin lächelte. „Stefanie, glaubst du etwa, ich hätte etwas mit dem Mord zu tun?" Stefanie versuchte in seinem Blick zu lesen, was für eine Antwort er erwartete. Sie erinnerte sich daran, was Thomas auf ihrem geheimen Treffen gesagt

204

hatte. „Ich glaube gar nichts, Benjamin. Ich habe nur etwas dagegen, wenn die Polizei hereinschneit, und meine Leute verdächtigt. Im Übrigen, sollten die noch mal was von dir wollen, schalt bitte einen Anwalt ein. Auch wenn du dir nichts vorzuwerfen hast. Ich hab schon Pferde vor der Apotheke kotzen sehen." Mit diesen Worten verließ sie den Raum.

Mario wartete darauf, dass Stefanie das Haus verlassen würde. Er hatte den Nachmittag damit verbracht, mit Silke laut über das Alibi nachzudenken, dass sie ihrem Angestellten so bereitwillig gegeben hatte. Beide waren sie der Meinung, dass Frau Schäfer gelogen hatte. Sie hatten das weitere Vorgehen besprochen, doch Mario merkte, dass Silke in ihrer Diskussion Herrn Schneider längst nicht mehr als Opfer bezeichnete. Er war sich fast sicher, dass dieser Herr Schulze ihr Mann war. Doch mit dem Alibi, das seine Chefin ihm verschafft hatte, würde es schwer werden, ihm das nachzuweisen. Er wusste auch, dass genau das seine Aufgabe war.

Stefanie verließ das Haus. „Frau Dr. Schäfer?" Sie blickte sich um und erschrak, als sie ihn erblickte. „Was wollen Sie?" antwortete sie ihm in kühlem Ton. Mario überlegte. Er war sich selbst nicht so ganz sicher, was er von ihr wollte. „Sie wissen, dass Herr Schulze mit Ihrer Aussage noch nicht aus dem Schneider ist. Heutzutage haben wir andere Möglichkeiten, um ihm gegebenenfalls den Mord nachzuweisen." Ihr Blick war herausfordernd. „Und Sie haben mich hier abgefangen, um mir das zu sagen?" Mario sah sie an. Er merkte, dass ihn ihre Stärke beeindruckte. „Ich habe Sie abgepasst, um Ihnen zu sagen, dass ich Sie für Ihr Verhalten bewundere. Das hätte nicht jeder getan." Sie schien überrascht. „Ich weiß nicht, was Sie meinen. Ich habe nur die Wahrheit gesagt." Mario zuckte mit den Schultern. „Ich nehme an, Sie wissen von der Geschichte bei der Bundeswehr. Herr Schneider bekam damals Recht." Stefanies Mundwinkel spannten sich an. „Manchmal sind Recht und Gerechtigkeit unterschiedliche Dinge." „Auch mir ist es lieber, wenn Beides mit einander einhergeht.", antwortete er ihr. Sie verzog das Gesicht zu einem gezwungenen Lächeln. „Da haben Sie sich den falschen Job ausgesucht." Mario antwortete darauf nicht. „Sie wissen, dass Schneider einen behinderten Jungen hatte, um den er sich nicht kümmerte, und dessen Mutter er demütigte?" Stefanie schüttelte den Kopf. „Das macht mir seine Person nicht sympathischer." „Mir auch nicht." sagte Mario. „Vielleicht habe ich es Ihnen auch nur erzählt, damit Sie wissen, dass Sie aus Ihrem Blickwinkel das Richtige getan haben." Und ohne auf eine Antwort zu warten ging er davon.

Benjamin stand vor dem Grab und legte einen Strauß Blumen nieder. Es schneite leicht, und alle Gräber waren wie mit Puderzucker überzogen. In wenigen Tagen war Weihnachten. Die letzten Jahre war das immer die schlimmste Zeit gewesen. Obwohl er nun schon so lange mit John zusammen war, hatte er Andreas in dieser Zeit immer am stärksten vermisst. Vielleicht würde er es fertig bringen, John dieses Jahr von ihm zu erzählen. Das erste Mal fühlte er so etwas wie Ruhe in sich einkehren. Er würde damit leben müssen, einen Menschen getötet zu haben, und er wusste, dass ihn das immer wieder einholen würde. Vielleicht würde er dafür sogar ins Gefängnis müssen. Aber manchmal musste man einen Teil seiner Menschlichkeit opfern, um einen anderen Teil wiederzuerlangen.

Epilog

Sie war sich nicht sicher, warum sie hier her gelaufen war. Völlig verschwitzt und nun, da sie schon länger das Haus angestarrt hatte, etwas fröstelnd, stand sie im Hauseingang gegenüber und schaute auf die Fenster in Erdgeschoss. Sie sah einen Fernseher flimmern, und ab und zu verließ eine dunkle Silhouette das Zimmer, um kurze Zeit später wieder zurück zu kehren. Er war allein, soweit sie das sehen konnte.

Was machte sie hier eigentlich? Ihr pochendes Herz und das Kribbeln im Bauch war die Antwort. Sie wollte diesen Mann. Wollte ihn mit jeder Zelle ihres Körpers. Das war Wahnsinn. Es war das Dümmste, was sie tun konnte. Und doch verlangte alles in ihr nach dieser einen Nacht. Wie schlafwandelnd lief sie über die Straße, ging in den Durchgang, der zum Hof führte, blieb vor der Tür stehen und klingelte. Der Klingelton war schrill. Zu schrill für diesen Anlass. Sie zuckte zusammen und fühlte sich, als hätte der schrille Klingelton sie aus dem Schlaf geweckt. Sie wollte sich schon umdrehen und gehen, da öffnete er die Tür. Wenn er jetzt etwas zu ihr sagen würde, würde sie ihm irgendein Lügenmärchen erzählen und gehen.

Er sagte nichts. Er sah sie an, als hätte er sie erwartet, als hätten sie beide eine Vereinbarung, über das, was heute Abend passieren würde. Er nahm ihre Hand, zog sie an sich vorbei in den Flur und schloss die Tür hinter ihr. Dann zog er den Reißverschluss ihrer Trainingsjacke auf und schob die Jacke nach hinten. Sie streckte ihm ihre Brust entgegen. Sie hatte das Gefühl, würde er sie jetzt berühren, sie würde einfach in tausend Teile zerspringen.

Er nahm sie bei der Hand und führte sie in das Schlafzimmer.

Sie saßen zusammen im Bett. Decke bedeckte ihre beiden Körper. Sie rauchte. Zwischen ihnen war ein Abstand von mehreren Zentimetern. „Das darf nie jemand erfahren!", sagte sie. „Das wird nie jemand erfahren!", sagte er. Sie lächelte, zog tief an ihrer Zigarette. „Du weißt, was das war?", fragte sie ihn. „Das war Sex, notwendiger, verdammt guter Sex!", antwortete er ihr. Zufrieden drückte sie ihre Zigarette aus. Es gab nichts mehr zu sagen.